엄마의 레시피

엄마의 레시피

첫판 1쇄 펴낸날 2019년 2월 27일
3쇄 펴낸날 2020년 6월 5일

지은이 선자은
발행인 김혜경 **편집인** 김수진
주니어 본부장 박창희
편집 길유진 진원지 문새미
디자인 전윤정 정진희
마케팅 노현규 이혜인
경영지원국 안정숙
회계 임옥희 양여진 김주연

펴낸곳 (주)도서출판 푸른숲
출판등록 2003년 12월 17일 제406-2003-000032호
주소 경기도 파주시 회동길 57-9, 우편번호 10881
전화 031) 955-1410 **팩스** 031) 955-1405
홈페이지 www.prunsoop.co.kr **이메일** psoopjr@prunsoop.co.kr

ⓒ 선자은, 2019
ISBN 979-11-5675-233-2 44810
     978-89-7184-419-9 (세트)

이 도서의 국립중앙도서관 출판예정도서목록(CIP)은 서지정보유통지원시스템 홈페이지(http://seoji.nl.go.kr)와
국가자료공동목록시스템(http://www.nl.go.kr/kolisnet)에서 이용하실 수 있습니다. (CIP제어번호 : CIP2019004867)

엄마의 레시피

선 자 은 장 편 소 설

푸른숲주니어

| 차례 |

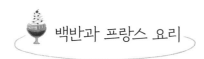

백반과 프랑스 요리

새엄마는 요리를 잘 못했다. 소질도 없을뿐더러 회사 일 때문에 바빠서 요리라는 행위를 경험할 시간이 별로 없었다. 그리하여 가끔 하는 간단한 요리도 망치기 일쑤였다. 차라리 미련을 버리면 나을 텐데, 그래도 새엄마는 시도를 계속했다. 찌개가 잡탕이 되거나 갈비탕이 국물이 다 졸아서 탄 갈비가 되면 우리 가족은 외식을 했다. 남들은 집에서 만날 먹는 백반을 우리는 밖에서 사 먹는 날이 많았다.

"맛있다. 많이 먹어라."

아빠는 오천 원짜리 한식 뷔페 같은 사람이다. 뭐든지 많이, 그리고 평범한 것도 맛있게 먹는 가성비 좋은 사람이란 뜻이다. 어쩌면 뭐든지 성실하게 임하는 성격 때문인지도 모른다. 아빠는 늘 구청 공무원이 천직이라고 말한다. 같은 시각에 출근해 날마다 비슷한 일을 하고 월급 따박따박 나오는 게 좋다고. 도대체 그게 뭐가 좋을까? 나랑은 절대 맞지 않는 일이다. 난 나만 할 수 있는 일을 하고 싶다. 그게 무엇인지는 모르지만.

"진짜 맛있다."

아빠가 하는 건 뭐든지 따라 하는 형진이도 진심으로 맛있다는 듯이 수저를 놀리며 말했다. 형진이는 맛없어서 망해 가는 삼겹살집에 가도 맛있게 먹을 스타일이다. 굽기만 하면 되는 삼겹살을 맛없게 만든다면 그곳은 정말 최악의 음식점이 아닌가? 형진이는 그런 곳에 던져 놔도 든든히 배를 채울 것이다.

"맛있네."

마지막 말은 새엄마였다. 사실 새엄마는 아무리 맛을 봐도 간을 제대로 볼 줄 모르는 이상한 미각의 소유자다. 딱히 최악이 아니라면 맛없는 음식도 그럭저럭 괜찮다고 생각한다. 그런 걸 보면 우리 아빠랑 잘 맞는 짝이다. 오래오래 함께 여생을 보낼 짝.

이 단란한 외식에서 다른 의견을 가진 사람은 나뿐이었다.

된장찌개는 건더기가 너무 빈약했고, 생선구이는 비린내가 났으며, 시금치무침은 싱거웠고, 감자조림은 짰다. 참을 수 없이 일관성 없는 백반이었다. 그나마 다행인 건 고슬고슬하게 잘 지어진 조밥이 먹을 만하다는 거였다. 나는 밥알을 잘근잘근 씹어 나온

단물을 반찬 삼아 겨우 배를 채웠다. 평일 저녁에는 주로 백반, 하루쯤은 양식, 비가 오면 배달 음식, 주말에는 고깃집…… . 적당한 가격에 적당한 양, 보통만 되어도 맛이 괜찮다고 중얼거리는 그들을 따라 아무것에나 닿아야 하는 내 혀만 불쌍했다.

이럴 때마다 엄마가 만들어 준 오므라이스가 미치도록 먹고 싶어졌다. 별거 아닌 요리였는데도 그 소소함이 그리웠다. 다시는 먹을 수 없다는 점이 절실하게 만든 것인지, 아니면 그 오므라이스가 나도 모르게 소울 푸드로 자리잡아 버린 것인지 모르겠다.

엄마는 내가 아홉 살 때 아빠와 이혼하고 홀연히 모습을 감췄다.

"진아율, 진심으로 미안해. 엄마는 프랑스에 가서 공부하고 멋진 레스토랑을 열 거야."

나에게 '아름다울 아(娿)', '밤 율(栗)'이라는 군밤 같은 이름을 지어 주었던 엄마는 어릴 때부터 요리밖에 몰랐다. 할머니가 국수를 말아 준다고 해도 끝끝내 자신만의 요리를 해 먹던 엄마였다. 어른이 되면 맛있는 요리를 파는 음식점을 여는 게 꿈이었다고, 나에게도 수없이 말하곤 했다.

옛날 어느 여배우가 시상식에서 '아름다운 밤' 운운할 때, 아직 소녀였던 엄마는 먹는 밤을 떠올렸다고 한다. 코끝에 군밤의 고소한 냄새가 스쳤다고. 그만큼 엄마의 관심사는 온통 그쪽으로 쏠려 있었다.

그리고 엄마는 가진 꿈에 걸맞은 재능 또한 가지고 있었다.

한 번 먹어 본 음식은 무조건 다시 만들 수 있었고, 향과 맛을 모르는 음식도 사진만 보고 만들어 냈다. 눈에 보이는 재료와 색감, 조리법, 데코레이션만 봐도 어떤 맛을 내야 할지 알았던 것이다. 그때는 미처 몰랐지만, 지금 생각해 보면 엄마가 평범한 주부로 살았다는 건 국가적 낭비였다.

아무거나 잘 먹는 아빠조차 엄마가 만든 음식이 다르다는 걸 알았다. 엄마가 만든 된장찌개는 아무리 평범한 재료를 썼다 해도 달랐다. 무엇 때문에 다른지는 아무도 알 수 없었다.

아빠는 엄마와 사는 동안은 아무거나 잘 먹는 사람이 아니었다. 그때는 구내 식당에서 나오는 밥을 맛없다고 느꼈고, 외식을 나가서도 맛이 있고 없음을 구별할 수 있었다. 그러나 엄마와 헤어지고 난 뒤에는 아무거나 잘 먹기 시작했다. 아빠는 현실주의자였고 적응이 빨랐다. 그리고 완벽히 아무거나 잘 먹는 사람이 되고 나자 새엄마와 재혼을 했다.

"엄마, 그럼 우리 프랑스에 가서 사는 거야?"

당시 나는 엄마 말을 이해할 수 없었다. 한국도 아니고 프랑스에 가서 레스토랑을 연다니. 그 당시 엄마가 갑자기 한식, 일식, 프랑스 요리 자격증을 딴 것이 무언가를 위한 준비라는 걸 막연히 알고는 있었다. 그런데 프랑스가 도대체 어디 붙어 있는데? 실제로 간다고 생각하니 지도에서 본 프랑스와는 느낌이 달랐다.

"아냐, 진아율. 넌 여기 있고, 엄마만 가야 해. 거긴…… 널 데려갈 수가 없어. 넌 안정적인 아빠랑 사는 게 좋아."

엄마가 하는 말이 무슨 뜻인지 알 수 없었다. 몇 밤 자고 오는데? 같은 촌스러운 질문은 하지 않았다. 나는 스스로가 똑똑한 애라고 자부했다. 그래서 엄마가 프랑스에 가서 레스토랑을 열고 금방 다시 돌아올 거라고 해석해서 이해했다. 엄마는 언제나 나에게 맛있는 걸 만들어 주는 사람이었고, 그 역할을 그만둔다는 건 상상조차 할 수 없었으니까.

그런데.

그런데 엄마는 돌아오지 않았다. 아빠와 이혼 수속을 다 마치고 나를 꼭 껴안고 울더니 떠나 버렸다. 왜? 아빠도 울었다. 그래서 난 물어볼 수가 없었다. 처음 1년 동안은 엄마가 어느 날 갑자기 돌아올 거라 믿었다. 단지 레스토랑이 자리를 잡는 데 좀 오래 걸리는 것뿐이라고 여겼다. 언제든 돌아와 맛있는 쿠키를 간식으로 구워 주고, 저녁으로 내가 가장 좋아하는 엄마표 오므라이스를 해 줄 줄 알았다.

다시 1년이 흐르고 나서야, 나는 엄마가 프랑스에서 요리를 잘하고 잘생긴 프랑스 남자를 만나 함께 레스토랑을 차렸을지도 모른다는 상상을 할 수 있었다.

그제야 안 것이다, 엄마가 나를 버렸다는 걸.

"잘 먹었습니다!"

형진이가 숟가락을 탁 내려놓으며 소리쳤다. 마치 자기 엄마가 정성껏 차려 준 밥상을 먹은 애 같다. 불쌍한 진형진. 부모의 재혼으로 서씨에서 진씨가 되면서 거꾸로 해도 자기 이름이 똑같다며 철없이 좋아하던 진형진.

"그래, 형진이 잘 먹었어? 아율이는? 아직도 입맛이 없니?"

새엄마는 자기 친아들인 형진이만큼 나를 챙겼다. 옛날이야기에 나오는 계모랑은 차원이 다른 사람이었다. 친절하고 차별하지 않고, 착하고 성실했다. 그래서 나는 새엄마에게 솔직할 수 없었다. 맛없다고 말하면 미안해할 게 뻔하기 때문이다. 입맛이 없다는 게 늘 나의 핑계였다.

"예, 잘 먹었어요."

반찬을 거의 집어 먹지 않은 걸 알면서도 새엄마는 일단 고개를 끄덕였다. 저래 놓고 집에 가는 길에 간식거리라도 사 주려고 안달을 할 것이다. 그러면 또 난 마지못해 도넛이라도 하나 사 달라고 할 테고.

새엄마는 정말 좋은 사람이다. 요리를 못한다는 건 흠집도 되지 못할 정도다. 그에 비하면 우리 엄마는 정말 나쁜 사람이다. 어린 딸을 놔두고 가 버린 엄마. 엄마가 아무리 요리를 잘해도 그건 용서가 되지 않았다.

"우리 빵 사 가지고 갈까? 아율아, 네가 골라 볼래?"

역시 새엄마는 빵집 앞을 그냥 지나치지 못했다. 빵집에서 빵을 고를 권한은 온전히 나에게 있었다. '아무거나' 다 좋다는 아빠와 형진이는 멀찌감치 서서 구경만 했다. 정작 새엄마는 식빵만 먹는 사람이었다.

언제나 기본은 하는 소시지빵과 피자빵, 무난한 식빵, 기름의 맛으로 맛있다고 착각하게 만드는 고로케. 대형 프랜차이즈인 빵집은 무엇을 사도 먹을 만한 빵을 잔뜩 팔았다.

나는 바게트와 샌드위치를 골랐다. 샌드위치를 보니까 엄마가 만들어 주던 삼색 샌드위치가 떠올랐다. 빵집 샌드위치는 그것보다 못했지만, 아까 먹은 백반보다는 나았다. 엄마의 요리는 한때는 축복이었지만, 이제는 저주였다. 오래전 내 혀에 휘감긴 그 맛은 아무리 씻어 내도 잊을 수 없었다.

나는 저주에 걸린 입맛만 까다로운 공주였다. 엄마가 처음부터 내게 그런 굴레를 씌우지 않았더라면, 나도 형진이처럼 웬만한 음식에도 행복해할 수 있었을 것이다.

프랑스에서 온 전학생

"오늘 전학생 등장!"

교무실에 다녀온 새이가 소식을 날렸다. 새이가 아침마다 전하는 가장 중대한 뉴스는 급식 메뉴였으나 오늘은 전학생이 헤드라인을 장식해 버린 것이다.

"왜 아무 반응이 없어?"

"내가 넌 줄 아냐? 난 관심 없어."

나는 동글동글하고 귀여운 새이 볼을 꼬집어 늘려 주었다. 하얗고 부드러운 볼이 찹쌀떡처럼 죽 늘어났다.

"하지 마. 아파! 네가 자꾸 그러니까 볼살이 점점 늘어나는 거야."

"에이, 말도 안 돼, 최새이. 그런 말 하지 말고 다이어트를 하든 가."

"안 그래도 나 오늘 공개할 비장의 무기가 있어."

"비장의 무기?"

새이에게는 늘 비장의 무기가 있었다. 볼살을 잘라 내는 섬뜩한 수술 아이디어라든가, 하루에 풍선 천 개씩 불기처럼 실천하기 어려운 무기였지만.

"그건 이따 말해 줄게. 그보다 지금은 전학생에게 관심을 갖는 게 더 좋을걸?"

"도대체 어떤 전학생이기에 이 난리야?"

보나 마나 남자애가 전학 온 게 분명했다. 새이는 순진하게 생긴 외모와 달리 이성에게 관심이 많았다. 인기 아이돌 미노에게 푹 빠져 버린 게 얼마 되지 않았는데, 또 새로운 남자가 마음에 들어온 것이다. 그것도 오늘 처음 본 남학생이.

"너도 관심 가질 만한 이야기가 있으니까 그렇지. 너무 놀라서 기절이나 하지 마."

새이는 목을 가다듬더니 내 귀에 대고 속삭였다.

"교무실에서 담임하고 얘기하는 거 들었는데, 아버지가 프랑스에서 레스토랑을 하셨대."

순간 귓가부터 온몸이 서늘하게 얼어붙는 기분이었다.

프랑스.

레스토랑.

"게다가 외모도 괜찮아. 미노 오빠만큼은 아니지만. 현실에서 그 정도면 대박이지. 감사합니다! 하나님, 부처님!"

요지는 그거였다. 프랑스와 레스토랑으로 내 관심을 끌었지만, 결론적으로 새이가 말하고 싶은 건 그 애의 외모였다. 미노가 상상 속 연인으로 그칠 것 같으니, 전학생을 현실 남자 친구로 점찍은 모양이었다. 물론 나는 그 애 아빠에게만 관심이 있었다.

"그럼 그 애 아빠가 셰프래? 그냥 경영만 한 사장이래?"

"내가 그것까진 모르지. 엿들은 건 그게 다야."

물론 우연히도 운명처럼 우리 반에 전학 온 남자애 아빠가 하필 우리 엄마와 재혼해서 함께 레스토랑을 하던 남자라는 영화 같은 일이 일어날 리 없었다. 게다가 어떤 남자와 레스토랑을 꾸리고 있으리라는 건 단지 내 상상이었다.

담임이 전학생과 같이 교실로 들어왔다. 새이의 호들갑처럼 꽃미남이라고 보기는 어려웠지만, 그럭저럭 봐 줄 만한 외모였다. 늘씬한 몸에 크지도 작지도 않은 키. 쌍꺼풀이 없는데도 큰 눈이 인상적이었다.

"오오!"

여자애들이 장난스럽게 호응했다.

"우우!"

남자애들이 맞대응하며 야유를 날렸다.

“시끄러.”

담임이 한 마디로 소란을 잠재웠다.

“이름은 구다진. 잘 지내라. 저기 빈자리 앉아.”

담임은 귀찮다는 듯이 그렇게만 말하고 전학생을 들여보냈다. 청소년 드라마에서 나오는 장황한 소개나 자기소개 시간 따위는 없었다.

“이름 예쁘다.”

새이가 뒤에서 속삭였다. 구다진? 나는 ‘다진 마늘’만 생각났다.

다진인지 마늘인지 하는 그 애는 뚱한 표정으로 맨 뒷자리에 혼자 앉았다. 여자애들 시선이 따라갔다. 대부분은 전학생에 대한 호기심 그 이상도 이하도 아니었다. 어쩌면 새이처럼 남자 친구로의 발전 가능성에 대해 따져 보는 애도 있을지 몰랐다.

새이는 쉬는 시간마다 그 망할 놈의 발전 가능성에 대해서 떠들어 댔다.

“나, 진짜 다이어트 시작이다.”

새이는 급식을 받아 자리에 앉자마자 비장하게 선언했다. 그런 선언을 한 애치고 급식판 위 밥과 반찬이 너무 많았다. 내 눈길을 따라 제 급식판을 내려다본 새이가 수줍게 웃었다.

“아까 내가 비장의 무기가 있다고 했잖아. 그걸 실행해야 할 이유가 한 가지 더 생긴 거 보면 운명인 거 같아.”

“무기가 뭔지 말도 안 해 주고, 오늘 너 너무 신비주의인 거 알지?"

"원래 미노 오빠 때문에 실행에 옮기려고 한 건데⋯⋯."

오빠는 무슨. 미노는 우리랑 동갑이다. 백번 말해도 새이는 오빠라는 호칭을 떼지 못한다.

"전학생 구다진 군으로 내 전의가 두 배로 불타올랐다 이거지."

"그래? 그래서 도대체 그 무기가 뭔데?"

"나, 베지테리언이 될 거야."

"뭐? 베지 뭐? 베지밀?"

"베지테리언! 채식주의자 몰라?"

"채식?"

"이 급식을 봐. 내 결심을 지지하듯 오늘 메뉴도 딱 채식주의에 걸맞잖아."

정말 그랬다. 이제 보니 새이 급식판 위에는 채소 샐러드가 수북이 쌓여 있었고, 완두콩밥과 오이무침도 한가득이었다. 오늘의 메인 반찬인 돈가스는 쏙 빠져 있었다.

"샐러드가 있어서 다행인데, 급식이 네 결심을 지지한 건지는 모르겠다. 나머지는 돈가스랑 먹으라고 준 사이드 메뉴에 불과하니까."

"야, 꼭 딴지를 걸어야겠니? 아냐. 다 이해해야지. 넌 일반인이어서 그렇게 생각할지 모르지. 난 베지테리언이니까 샐러드를 결코 사이드 따위라고 생각하지 않거든."

새이는 보란 듯이 샐러드를 포크로 쿡 찍어 입에 욱여넣었다. 양상추가 아무렇게나 접혀 입에 빨려 들어갔다. 통통한 새이의 볼이 더 볼록해졌다. 채식주의자가 된 건 좋다. 그러나 얼마나 버틸 수 있을지 의문이다. 괜히 고기 못 먹는다고 나에게 짜증이나 내지 않으면 다행이지.

나는 새이에게 질세라 서둘러 급식으로 배를 채웠다. 기름이 채 달궈지기 전에 돈가스를 넣어 튀겼는지, 기름 냄새가 좀 나고 눅눅했다. 그리고 고기도 냉동육이었다. 다른 애들은 그걸 못 느끼는지 맛있다고 난리였다.

"맛달, 그렇게 맛없어 할 거면 너도 그냥 나처럼 베지테리언이 되렴."

맛달은 새이가 나에게 지어 준 별명이었다. 바로 맛의 달인.

"그건 어렵겠어. 난 안 먹어 본 걸 보면 궁금해서라도 먹어 봐야 한다고."

그건 내 오래된 고뇌와 번민이었다. 내 입맛에 그럭저럭 맞는 음식이 어딘가에 존재한다는 사실이 나를 끊임없이 음식으로 이끌었다. 실망할 확률이 더 많다는 걸 알면서도 나는 그걸 기어코 혀에 대 보는 것이다.

"내 생각에는 넌 최고의 음식을 찾거나, 아니면 엄마가 해 준 음식을 먹어야 해."

새이가 우적우적 오이를 씹으며 정답을 말했다. 종종 헛소리를 할 때도 있지만, 새이는 가끔 옳은 말도 할 줄 알았다. 그리고 내 번뇌를 이해하는 유일한 사람이었다.

"최고의 음식은 그만큼 비싸겠지."

나는 여느 때처럼 대답하고 급식으로 눈을 돌렸다. 이유 없는 갈망과 탐욕일 뿐이었다. 내 입에 딱 맞는 음식을 찾는다고 해서 변하는 건 없다. 일시적인 목마름을 해결할 수 있을 뿐이다. 그러니까 찾으려고 노력할 필요도 없다. 비싼 걸 먹는다고 해결될 문제가 아니다. 좋은 레스토랑에 가기 위해 돈을 모은다든가, 숨은 고수를 찾아가 요리를 부탁한다든가 하는 노력 따위는 허황된 짓이다.

새이도 그걸 알았다. 금세 남자로 화제를 돌린 걸 보면.

"구다진 님도 너처럼 맛없으신가 보다."

정말 그 애는 인상을 쓰며 돈가스를 통째로 찍어 들어 올리고 있었다. 혐오스런 벌레라도 본 듯한 저 표정. 이 수많은 애들이 눈치채지 못한 맛없음을 안 것일까?

"역시 프랑스에서 온 셰프의 아들이 맞나 봐. 하긴, 너처럼 요리 잘하는 부모에게서 맛난 것만 먹고 자랐으니 미각이 다른 거지. 역시 매력적이다. 나, 미노 오빠 포기하고 구다진 님에게 올인할까 봐."

새이가 황홀한 표정으로 말했다. 나도 속으로 조금 놀랐다. 누군가 같은 급식실 안에서 같은 음식을 보고 같은 걸 느꼈다는 사실이. 새이는 내 고민을 이해해 주는 친구이기는 했지만, 돈가스의 형편없음을 감지하고 공감할 수는 없었다.

"진짜 쟤 아빠가 셰프일까?"

"너도 궁금하지? 내가 한번 알아볼까?"

새이가 포크를 탁 내려놓았다. 자기가 알고 싶으면서 나를 핑계 삼는 걸 알았지만, 고개를 끄덕여 주었다. 새이는 남은 밥을 샐러드 소스에 비벼 싹싹 긁어 먹더니 후식을 사러 매점에 가자며 일어섰다. 베지테리언이니까 우유 대신 두유나 신선한 과일 주스를 사 먹으면 된다고 했다.

과연 새이가 베지테리언이 된 게 다이어트에 도움이 될지 궁금해졌다. 돈가스를 못 먹은 허전함 때문에 후식을 잔뜩 먹어서 오히려 살만 찔 가능성이 높았으니까.

"빵도 먹어야겠어."

그대로 두면 매점을 다 집어삼킬 기세였다.

"빵? 밥 금방 먹고 무슨 빵이야? 그리고 빵에는 달걀도 들어가잖아."

"달걀이 왜?"

"채식주의자는 달걀 안 먹어. 우유도 안 먹을 거라며?"

"그런가? 저번에 영화에서는 채식주의자가 달걀 먹던데?"

"바보. 채식주의자도 등급이 있어. 너, 완벽하게 채소만 먹는 등급 아니었어?"

나는 핀잔을 주면서 주스와 아이스크림만 계산했다. 새이는 아쉬운 표정으로 빵을 제자리에 내려놓고 돌아섰다. 그 순간 매점으로 급하게 달려 들어온 누군가가 새이와 부딪치고 말았다.

"엄마야!"

새이가 쓴 안경이 바닥에 떨어져 뒹굴었다. 상대는 상관없다는 듯 그 자리에 그대로 서서 빵을 골랐다. 그 애였다. 구다진.

"괜찮아, 새이야?"

새이는 안경을 주워서 약간 비틀어진 안경다리를 살폈다.

"야, 넌 사과도 안 하냐?"

그 애는 별말이 없었다. 뒤늦게 자기가 부딪친 상대가 '구다진 님'이라는 걸 안 새이가 입을 헤벌렸다.

"야, 다진인지 마늘인지 너 말이야!"

그제야 그 애가 돌아봤다. 눈이 무시무시했다.

"이게 누구 보고 마늘이래?"

"지금 보니 인간이 아닌 거 같으니까 그렇지. 사람이라면 누가 다쳤나 돌아보는 게 맞지 않아?"

"뭐 별로 다친 거 같지도 않구만 난리야?"

"안경까지 떨어진 거 안 보여?"

"그깟 알 없는 안경이 뭐?"

녀석은 놀랍게도 안경알이 없다는 걸 그 짧은 순간에 인지하고 있었다. 그런데 넘어진 걸 못 본 척해? 더 괘씸했다. 새이는 알 없는 안경을 등 뒤로 감추었다. 쌍꺼풀 없는 눈이 작아 보인다고, 연예인들이 화장 안 한 민낯 얼굴에 쓰듯 종종 알 없는 안경을 쓰는 새이다.

"마늘, 너 정말 싸가지구나?"

"아율아, 그만해. 그냥 가자."

새이가 애타게 말하지 않았더라면 물러서지 않았을 것이다. 녀석은 거지 같은 빵만 잔뜩 있다면서 우유가 있는 쪽으로 갔다. 그러고는 뭐라고 중얼거렸다. 그 애는 분명히 이렇게 말했다.

"아율? 아름다운 밤? 자기도 군밤이면서 누구더러 마늘이래?"

군밤과 마늘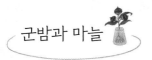

'다진'이라는 이름을 가지고 다진 마늘을 떠올리는 중3은 나밖에 없을지 모른다. 물론 '아율'이라는 이름을 가지고 하필 군밤을 떠올리는 중3도 흔치 않다.

내가 이렇게 된 데에는 약간의 역사가 있다.

엄마네 집은 가난해서 맨몸으로 결혼을 해야 할 판이었다. 물론 대학 시절부터 아르바이트를 하면서 모은 돈이 있었지만, 그건 엄마가 음식점을 열 돈의 일부였다. 아빠 역시 부유하진 않았다. 엄마는 약간의 돈으로 꼭 필요하다고 생각하는 것만 사기로 했다.

엄마가 결혼하면서 가지고 온 것은 딱 두 가지였다. 요리책 전집 50권과 주문 제작한 무쇠 냄비. 둘 다 당시로는 아주 값비싼 것

들이었다. 그 돈이면 주방 살림살이를 풀 세트로 살 수 있었을 것이다. 그러나 엄마는 이 둘만으로도 평생 먹을 음식이 해결되었다고 믿었다. 정말 요리책과 냄비는 우리 집 식단을 풍족하게 해 주었다.

가난한 우리 집에는 그림책 살 돈이 없었다. 엄마는 걸어서 30분이나 걸리는 동네 도서관에 나를 데려갔다. 아주 작은 도서관이어서 어린이실 책은 낡아 빠졌고, 그마저도 가짓수가 많지 않았다. 다행히 나는 그림책보다는 집에 있는 책을 더 좋아했다. 바로 엄마가 산 요리책 말이다.

요리책에 실린 사진은 여러모로 훌륭했다. 그걸 보고 있으면 맛있는 음식을 먹는 기분이었다. 나는 사진을 펼쳐 놓고 손으로 음식을 집어 먹는 시늉을 하며 놀았다. 냠냠 쩝쩝. 정말 맛있다. 매콤해. 달콤해. 새콤해. 입 안에서는 엄마가 전에 만들어 주었던 그 요리의 맛이 떠올랐다. 맛의 기억은 늘 나를 쓸쓸하지 않게 만들었다.

옆에 실린 조리법은 내게 한글을 가르쳐 주었다. 고추장 1큰술, 고춧가루 1작은술, 물엿, 소금, 다진 마늘…….

그 요리 전집은 당시 우리나라에 들어와 있는 모든 요리를 총망라해서 집대성한 걸작이었다. 비싼 편이고 권수가 많아서 대중에게 널리 읽히지는 못하고 절판되었지만, 아는 사람은 아는 책으로 남았다. 나는 그 요리책으로 다른 나라 식문화를 배웠고, 숫자나 계산법도 배웠다. 미술과 디자인을 컬러풀한 사진으로 배웠으며, 요리 이름을 통해 외국어도 배웠다. 인생을 살면서 배워야 할 것을 초등학교 때 다 배운다고 하던가? 나는 좋은 요리책이 그 역할을 어느 정도 해 준다고 믿는다.

문득 다진 마늘이 과연 나처럼 요리책을 보고 자랐는지 궁금해졌다. 녀석이 자라 온 환경은 나와 크게 다르지 않았을 것 같다. 새이는 구다진에 대한 정보를 아직 수집 중이었다.

✉ 구다진 아빠에 대한 정보는 아직이야?

✉ 프랑스에서 레스토랑을 했다는 것. 한국에서도 레스토랑을 열 거라는 것. 아직 여기까지.

새이가 내 메시지에 기다렸다는 듯이 바로 대답을 해 주었다. 미노의 팬이 되면서 보여 준 새이의 정보 수집력은 위대했다. 누구나 조사할 수 있는 인터넷 정보만이 아니라 아이디를 검색해 얻은 고급 정보까지. 과연 조사 기간이 짧은 데 비해서 값진 정보였다. 다진 마늘 아빠가 한국에서도 레스토랑을 열다니. 내가 알고 싶은 것 중 하나였다.

구다진 님인지 마늘인지와 엮일 기회는 뜻밖에도 수업 시간에 찾아왔다. 1년에 딱 두 번 하는 요리 실습 수업에서 같은 모둠이 된 것이다.

"이건 운명이야."

두 눈동자가 하트 모양으로 변해 버린 새이는 모둠이 결정되자마자 나를 꼬집었다. 꼬집는 건 새이가 지나치게 기쁠 때마다 하는 버릇이었다. 평소 같으면 질색하며 비명을 질렀겠지만, 이번만큼은 봐주기로 했다. 나도 짐짓 기분이 좋았다. 아빠가 셰프인 만큼, 녀석 요리도 대단하리라는 막연한 기대감이 들었던 것이다. 녀석의 싸가지 없음도 오늘은 이해해 주기로 했다.

조리실로 간 우리 모둠이 여섯 명은 각각 채소 썰기, 고기 반죽하기, 밥하기 등으로 역할을 나누었다. 올해 요리 실습 과제는 햄버그스테이크 정식 만들기. 구운 채소를 옆에 올리고, 볶음밥을 곁들이는 등 구성과 데코레이션은 각 모둠의 재량에 맡겨졌다. 새이와 나는 데코레이션과 요리 보조를 맡았다. 미술을 잘하는 새이를 믿고 맡긴 것을, 새이가 꼭 나와 함께해야겠다고 우긴 것이다.

마늘 녀석이 맡은 부분은 가장 중요한 일이었다. 고기 반죽 간을 보고 최종적으로 굽기까지. 우리는 구다진이 같은 모둠이라는 걸 은근히 즐기고 있었으며, 녀석 또한 자신의 실력을 굳이 부정하지 않고 가만히 있었다.

"엄마야!"

"이거 어떻게 해?"

"망했어!"

조금 뒤 모든 아이들이 앞다투어 비명을 질러 댔다. 2학년 때 만든 샌드위치보다 훨씬 고난이도 요리였다. 불을 잘 조절해야 했고, 기름도 써야 했으며, 채소를 굽기 위해 오븐도 만져야 했다. 비명을 지르는 곳마다 선생님이 홍길동처럼 나타나 도와주었지만, 혼자서는 역부족이었다.

우리 모둠도 다르지 않았다. 채소 썰기 담당은 고기 반죽에 들어갈 양파를 깍두기만 한 크기로 썰고 있었다.

"이거 양파 더 잘게 썰어야 하지 않을까?"

내가 먹어 본 햄버그스테이크를 떠올리며 조언했다. 채소 썰기 담당 남자애가 눈물범벅이 된 얼굴을 들었다.

"그럼 네가 썰어. 매워 죽겠단 말야."

처참한 모습에 할 말을 잃었을 무렵, 우리 모둠 여자애가 비명을 내질렀다.

"이거 어떻게 하는 거야? 왜 안 뜨거워져?"

선생님은 볶음밥에 기름을 튀김만큼이나 가득 부어 잘게 자른 싱싱한 채소가 사방으로 튀고 있는 모둠을 돌보느라 바빴다. 하는 수 없이 내가 달려갔다.

"온도 설정을 하고 해야지. 그리고 예열하고 시작해."

우리 집 오븐과 요리책에서 본 걸 떠올리며 온도를 올렸다.

"아율아, 혹시 이것도 알아? 뭐 먼저 넣어야 될지 모르겠어."

"기름 달궈지면 채소 먼저 볶아. 밥은 했어?"

"진아율, 밥 좀 봐 줘. 잘된 건지 모르겠다."

어느새 우리 모둠 애들이 다 나를 찾기 시작했다. 나는 요리책에서 본 것과 그동안 먹어 보며 알게 된 정보를 활용해 여기저기 뛰어다녔다. 그동안 마늘 녀석은 손 하나 꿈쩍 안 하고 고기 반죽이 다 만들어지길 기다리고 있었다. 알면 알수록 싸가지 없는 녀석이었다.

"구다진, 넌 왜 가만히 있어? 애들 좀 도와줘."

"난 고기 구우라며?"

"그래도 같은 모둠인데 도와야지."

"싫어."

하마터면 들고 있던 주걱으로 구다진 따귀를 올려붙일 뻔했다. 심상치 않은 분위기를 눈치챈 새이가 얼른 와서 내 팔을 잡았다.

참자. 참자. 맛을 내는 게 가장 중요한 일이긴 하니까.

나는 맛있게 만들어질 햄버그스테이크를 떠올리며 화를 참았다. 구다진은 모든 난리가 끝나, 고기 반죽 순서가 되자 움직이기 시작했다. 티스푼으로 조금 뜬 고기 반죽을 후라이팬에 익혀서 혀끝에 살짝 대기도 하고 냄새를 맡기도 하며 세심하게 간을 맞추었다. 경건한 의식과도 같은 시간이 지난 뒤, 구다진은 이윽고 고개를 끄덕였다. 그 과정은 기다린 보람이 있을 만큼 신성했다. 순간 나는 녀석을 용서할 수 있었다.

그리고 달궈진 팬에 본격적으로 올라간 햄버그스테이크는 구다진의 손길로 제법 그럴듯한 모양새로 변해 갔다. 노릇노릇한 색이 나타났을 때, 구다진은 한 번에 그걸 뒤집었다.

"와, 맛있겠다."

다른 모둠에서 나는 탄 냄새와 달리 양념이 잘 배어든 맛있는 냄새가 코끝을 자극했다. 선생님도 냄새를 맡고 우리 모둠을 기웃거릴 정도였다.

햄버그스테이크 여섯 장을 각각 접시에 담고, 오븐에 구운 채소와 볶음밥을 곁들여 장식을 했다. 브로콜리로 토끼 귀 모양을 만들고 당근을 잘라 하트로 장식한 새이의 센스도 돋보였다.

선생님이 모양에 먼저 점수를 매기고 시식을 했다. 두두두. 기대감에 심장이 트레몰로 쳤다.

"음, 엄청 이상한데?"

선생님 반응은 의외였다. 우리는 모양에서는 높은 점수를 받았지만, 맛에서는 평균 이하 점수를 받았다.

"왜? 볶음밥이 별론가?"

"맛있어 보이는데?"

우리 모둠 애들은 자기 몫의 접시를 들고 가 볶음밥을 먹어 보고 햄버그스테이크를 한 조각씩 입에 넣었다. 나도 문제는 볶음밥이라고 생각하며 냉큼 고기를 입으로 가져갔다.

"엑."

놀라웠다.

"고기 맛이 왜 이래?"

"소스 찍어 먹어도 맛없다."

애들은 즉각적인 반응을 쏟아 냈다. 마늘 녀석은 표정 변화 하나 없이 묵묵히 자기 요리를 먹고 있었다.

"너 뭐야? 요리 잘하는 거 아니었냐?"

어떤 남자애가 대놓고 물었다. 구다진은 그제야 포크를 내려놓았다.

"내가 언제 요리 잘한다고 했냐?"

할 말이 없었다. 정말 요리 잘한다는 말은 구다진 입으로 내뱉은 적이 없었으니까. 새이는 실망한 듯 남은 고기를 뒤적이기만 했다.

"보기에는 맛있어 보이는데……."

"잘 굽긴 했는데, 양념이 엉망이야."

새이처럼 다른 여자애들도 실망한 눈치였다. 더는 구다진 님이 어쩌고 하는 소리가 우리 반에서 안 나올 걸 생각하니 다행이었지만, 실망스러운 건 나도 마찬가지였다. 이번에는 맛있는 걸 먹을 수 있을 줄 알았다. 사실 실망감을 넘어서 화가 나기까지 했다. 내가 기대했다는 사실이 창피하고 민망했다. 구다진에게 한소리 하지 않으면 속이 안 풀릴 것 같았다.

조리실을 나와 교실로 돌아가는 녀석 뒤통수가 얄미웠다.

"마늘, 너 때문에 우리 모둠 꼴찌 한 거 알아?"

녀석은 못 들은 척했다.

"잘 못하면 안 한다고 하든가. 잘하는 척하더니."

"그러면 네가 한번 해 봐!"

구다진이 갑자기 뒤돌아 꽥 소리를 질렀다. 내내 무표정한 로봇 같던 녀석 얼굴이 붉으락푸르락했다. 순간적으로 좌절감이 스쳐 지나간 듯했다. 엄마를 잃어버리고 오랫동안 길을 헤맨 꼬마 같은 표정이었다.

설마 자기도 속상하고 부끄러웠던 걸까?

무관심한 게 아니라 사실은 잘하고 싶었던 걸까?

빠르게 복도를 걷는 뒷모습이 도망가는 것처럼 보였다. 내 마음속 어딘가에 불편한 마음이 꿈틀대기 시작했다.

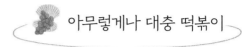 아무렇게나 대충 떡볶이

네가 한번 해 봐!

구다진 말이 귓가에 맴돌았다. 학교에 갈 때도, 학교에서도, 학원에 갔다가 집에 오는 길목에서도, 내 방 침대에 누워서도. 구다진 목소리가 내 귓가에 콕 박혔는지 떠날 줄을 몰랐다.

나 스스로 요리를 해 보겠다고 생각한 적은 한 번도 없었다. 나는 먹는 걸 좋아하는 사람이긴 했지만, 요리를 할 줄 아는 사람은 아니었다. 요리책 읽기를 좋아한다고 해서 실제로 요리를 할 수 있는 건 아니었다. 추리 소설을 매일 읽는다고 해서 탐정이나 범죄자가 되는 건 아니듯이 말이다.

요리를 해 본 적은 딱 한 번밖에 없다. 초등학교 1학년, 처음 사

권 친구인 새이가 우리 집에 놀러 오기로 한 날이었다.

"자, 이렇게 떡을 뜯어야 해."

엄마는 시장에서 사 온 떡볶이 떡을 뜯어 뜨거운 물을 부었다.

"엄마, 떡이 뜨거운 물에 목욕하는 거야?"

"그래. 목욕시키는 거야."

"왜?"

"음, 그냥 엄마는 떡이 말랑말랑할 때 요리하는 게 좋거든."

엄마는 이론에 충실한 사람이 아니었다. 느끼는 대로 생각나는 대로 요리했다. 그러고 보니 계량하는 것도 한 번도 못 본 듯했다.

"오늘은 멸치 이만큼 넣자."

"물에 왜 멸치를 넣어서 끓여?"

"육수 내려고."

"육수는 왜 내는데?"

"그냥 엄마는 멸치 향 나는 게 고소하고 좋더라고."

'좋다.' '맛있다.' 그 이유뿐이었다. 엄마 요리법은 그때그때 기분에 따라 달랐다. 그날은 어묵 한 움큼, 떡도 한 움큼, 그리고 양배추, 양파, 쫄면을 넣었다. 고추장과 고춧가루, 설탕, 간장의 간단한 양념.

나는 엄마가 시키는 대로 양념과 재료를 순서대로 넣었다.

보글보글.

떡볶이가 끓으면서 점점 예쁜 색을 띠기 시작했다. 사실 엄마가 다 만든 것이었지만, 첫 떡볶이라고 생각하니까 무척이나 자랑스러웠다.

"우아, 이거 진짜 네가 만든 거야?"

쑥스러운 표정으로 우리 집에 처음 놀러 온 새이는 떡볶이 한 입에 수다쟁이가 되었다. 나도 얼른 떡볶이를 입에 넣어 보았다.

"맛있다!"

새이는 눈을 반짝이며 물었다.

"너, 커서 요리사 될 거야?"

"요리사?"

내 꿈은 그냥 평범한 사람이었다가 과학자였다가 선생님이었다가 그랬다. 하루에도 몇 번씩 왔다가 갔다가 하는 게 장래 희망이었다. 피아노도 잘 못 치면서 단지 드레스를 입기 위해서 피아니스트를 꿈꾸기도 하고, 재미있는 책을 읽으면 작가가 되고 싶었다. 그런데 단 한 번도 요리사가 되겠다는 생각을 해 본 적은 없었다. 요리사는 엄마의 꿈이었다.

"난 가수가 꿈이야."

새이가 귀여운 눈을 끔뻑였다. 노래 실력은 어떤지 몰랐지만, 잘 어울린다고 생각했다. 단지 교실 앞자리에 앉아서 친구가 된 새이였다. 같은 아파트 단지에 살아서 놀러 오라고 한 새이였다. 그런데 그날 단번에 새이가 평생 친구가 되리라는 예감이 들었다.

새이가 귀여워서도 가수가 꿈이어서도 아니었다. 내 떡볶이를 맛있게 먹어 주어서였다.

우리는 그날부터 둘도 없는 친구가 되었다. 바로 다음 해부터 작년까지 내내 같은 반이 되지 못했지만, 우리는 꼭 같이 붙어서 등하교를 했다. 말 못 할 비밀도 없었다. 다 내 첫 떡볶이가 만든 인연이었다. 왜 계속 잊고 있었을까? 내 첫 떡볶이를.

토요일에 새이를 집으로 불렀다. 새엄마는 특근을 해야 한다며 출근했고, 아빠는 사내 등산 모임에 갔으며, 형진이도 친구들과 논다며 나간 터였다. 빈집에서 나는 나의 떡볶이를 떠올렸다. 한 번 떠오른 떡볶이는 자꾸 생각났고, 재현해 내지 않고는 못 배길 정도가 되었다.

나는 떡집에 가서 떡볶이 떡을 사고, 오는 길에 작은 마트에서 어묵과 양배추, 쫄면을 샀다. 아직 머리도 안 감았다고 징징거리던 새이는 젖은 머리를 휘날리며 때맞춰 도착했다. 그리고 자장면을 시켜 먹자고 졸랐다.

"자장면에 돼지고기 들어가는 거 몰라?"

"그래? 그럼 면만 먹으면 되잖아?"

말만 채식주의자인 새이는 입맛을 다셨다. 나는 식탁 위에 있는 장바구니를 가리켰다. 맛있는 요리로 재탄생되길 기다리는 재료들로 두둑한 장바구니.

"촌스럽게 웬 장바구니? 디자인도 완전히 아줌마 같아."

"엄마가 쓰던 거야."

"아."

새이가 멋쩍은 얼굴을 했다. 그러려고 한 건 아닌데 '엄마'라는 단어가 포함된 문장을 말할 때는 퉁명스러운 억양이 튀어나왔다. 나는 말 그대로 촌스럽기만 한 장바구니를 노려보았다. 아주머니 일 바지 같은 꽃무늬 장바구니.

엄마는 늘 이 장바구니를 냉장고 옆에 끼워 두고 썼다. 새엄마가 우리 집 짐을 정리해 이사하면서 다용도실 상자에 넣어 두었던 것이다. 구멍 하나 안 난 장바구니가 아깝다면서. 엄마가 가르쳐 준 떡볶이를 하려니까 이상하게도 저 장바구니가 생각났다.

"너, 떡 좀 물에 담가 놔."

"떡? 무슨 떡을 그냥 먹지, 물에 담가?"

꿀떡을 생각하고 눈이 반짝이던 새이가 떡의 정체를 알고 한숨을 내쉬었다.

"떡볶이 하려고? 언제 해. 나 배고프단 말이야."

툴툴대면서도 새이는 떡을 물에 담가 가져왔다. 물을 끓여 양념을 풀던 나는 떡 모양이 옛날과 다르다는 걸 깨달았다. 그때는 길쭉한 밀떡이었는데, 이건 도톰하고 짤막한 쌀떡이었다.

"이걸로는 안 해 봤는데……."

"그래? 그럼 내가 할까?"

새이가 국자를 잡았다. 국자 잡는 폼이 익숙해 보였다.

"너, 할 줄 알아?"

"떡볶이 못 하는 사람도 있니? 나 잘해."

충격적이었다. 나는 여덟 살 때 엄마랑 같이 해 보고 8년간 한 번도 안 해 봤다. 왜 그랬을까? 왜 나는 요리할 생각을 못 한 걸까? 다시 의문이 떠올랐다. 자존심도 상했다. 이건 새이를 좋아하는 것과는 별개의 감정이었다.

"내가 해 볼게. 너, 기억 안 나? 1학년 때 내가 떡볶이 해 준 거."

"1학년 때? 아, 그게 네가 한 거니? 아주머니가 거의 다…… 아니다. 너 잘하더라."

새이는 말하다가 말고 갑자기 소파로 몸을 날렸다. 자기가 난처하니까 텔레비전을 봐야겠다고 했다.

나는 부엌에 홀로 남아 비장한 각오로 고추장을 퍼서 물에 넣었다. 대충 이 정도? 오늘은 달게 먹고 싶으니까 설탕 이 정도? 기억이 가물가물했다. 엄마가 한 말 중 생각나는 건 한 움큼이라는 말밖에 없었다. 양배추와 어묵을 썰어 넣고 나서야, 나는 멸치 육수를 내지 않았다는 걸 깨달았다. 그러나 벌써 벌겋게 물든 국물에 멸치를 넣으면 안 될 것 같았다. 다른 재료들 때문에 건져 내기도 어려울 것 같고.

"물이 너무 많은가?"

내 혼잣말에 새이가 고개를 빠짝 쳐들었다. 심각한 표정으로 알 없는 안경을 괜히 쓸어 올렸다. 그러고 보니 채식주의자 새이를 위해 어묵을 뺐어야 했다. 말 안 하면 새이는 어묵이 채식주의자가 먹지 않는 음식이라는 것도 모르겠지만.

"좀 더 끓여 봐."

새이는 다시 텔레비전으로 얼굴을 돌렸다. 과연 떡볶이가 끓어가면서 물이 날아가고 예쁜 떡볶이 색을 찾아갔다. 이윽고 국물이 걸쭉해졌다.

"맛있겠지?"

"보기에는 맛있어 보인다."

냄새가 좋았다. 맛있기로 소문난 학교 앞 떡볶이 집에서 나는 냄새와 비슷했다. 가슴이 두근두근 뛰었다. 8년 전 그 맛이 날까? 엄마가 알려 준 대로 아무렇게나 대충 한 건데.

새이가 떡을 집어 입에 넣었다.

"어때?"

내 목소리가 떨렸다.

"음……."

새이가 뜸을 들이는 게 길게만 느껴졌다.

"어?"

새이는 예의상 억지로 한입 더 먹고는 한숨을 쉬며 말했다.

"미안한데……. 이상해."

시각의 변화

나는 으레 요리는 어른이 되어야 하는 줄 알았다. 우리 집에서 요리를 할 어른은 새엄마라고 생각했다. 아빠에게는 기대도 하지 않았다. 요리 담당은 늘 엄마였으니 그 자리를 채운 새엄마가 이어받아야 한다고 생각했다. 틀에 박히고 고지식한 사고 전개였다. 나는 머리를 흔들며 자책했다. 새엄마가 가끔 하는 요리를 엄마 요리와 비교하며 비판할 줄만 알았지, 내가 직접 요리를 해 볼 생각은 꿈에도 하지를 못했다.

그러나 막상 들여다보니 나의 요리 실력은 충격적일 정도로 형편없었다. 막연히 나는 요리를 잘할 줄 알았던 것 같다. 내 요리가 맛없을 줄은 몰랐다. 자만이었다.

천천히 햄버그스테이크 고기 반죽 맛을 보던 마늘이 떠올랐다. 신중하고 진지하던 그 녀석. 내가 맛없다고 비난했을 때 얼굴에 스치던 절망감.

"아율아, 너 만들면서 맛 안 봤지?"

새이가 도저히 못 먹겠다며 포크를 내려놓으며 말했다. 그러고 보니 난 중간중간 맛을 봐야 한다는 걸 잊었다. 맛을 봤다면 요리를 망치기 전에 부족한 걸 채워 넣었을 것이다.

그런데 그 녀석은?

신중하고 진지하던 구다진.

일부러 그대로 고기를 구웠을 리가 없다. 엉터리 돈가스에 얼굴을 찌푸리던 구다진인데. 혹시 끝내 맛을 낼 수 없었던 것일까? 아니면 다른 문제가 있었나?

지금 남 걱정할 처지가 아니었다. 그런데 왜 자꾸 그 애가 생각나는 걸까?

"어머, 내 정신 좀 봐! 시작했겠네!"

새이가 시계를 보고 깜짝 놀랐다. 그러더니 황급히 리모컨을 찾아 텔레비전을 틀었다. 텔레비전 안에서 미노가 하얀 얼굴로 특유의 환한 웃음을 지으며 노래를 불렀다. 세 번째 싱글곡 제목은 〈I love you〉다. 사실은 좋아하지만 수줍어서 고백을 못 하다가 겨우 사랑을 고백한다는 내용이다. 가사도 진짜 유치했다.

아이 라이크 유

아이 라이크 유

아이 러브으으으

유!

미노가 '유!'를 외치며 카메라를 손가락으로 가리켰다.

"꺄아악!"

새이가 비명을 질러 댔다.

"왜? 왜! 무슨 일 있니?"

이제 막 퇴근한 새엄마가 놀라서 뛰어왔다.

"아, 아무것도 아니에요."

아빠와 형진이가 아직 안 왔기에 망정이지 우리 가족이 줄줄이 서서 구경할 뻔했다.

"죄송합니다, 아주머니. 이제 조용히 놀게요."

새이가 벌떡 일어나 꾸벅 인사를 했다. 미노 무대가 끝났으니 새이가 조용히 있는 건 당연한 일이다. 새엄마는 하품을 하며 말했다.

"형진이랑 아저씨 들어오면 외식하러 나갈 거니까, 새이도 같이 나가자. 엄마께 전화 드려."

새엄마는 마음도 참 넓다. 나 같으면 낮잠을 방해하는 딸, 그것도 친딸도 아닌 의붓딸의 친구가 얄밉기만 할 텐데. 자기네 집 놔

두고 굳이 우리 집에서 저녁때까지 버티며 가요 프로그램을 시청하는 새이가 나도 조금은 얄미울 때가 있다.

"역시 너희 집 티브이가 짱이야."

새이가 금세 아부를 떨었다. 우리 집 텔레비전이 새이네 텔레비전보다 10인치는 더 크고 화질도 더 좋기 때문에 새이는 봐야 할 프로그램이 있으면 우리 집으로 달려오곤 한다. 게다가 오늘은 역사적인 미노의 컴백 무대였다. 내가 집으로 불렀을 때 흔쾌히 달려온 이유가 있었다. 비록 떡볶이로 새이 입맛을 저격하는 건 실패했지만.

"미노 오빠는 피부도 어쩌면 저렇게 좋을까? 그리고 봤지? 정확히 나를 가리키면서 사랑한다고 말하던 거?"

"그게 너한테 그런 거야? 카메라한테 그런 거지. 방금 너처럼 비명 지른 애들이 한둘이겠냐? 쯧쯧."

새이는 내 이야기를 듣는 둥 마는 둥 하면서 휴대폰으로 미노를 검색했다. 역시나 인터넷이 미노의 사기 손가락질 때문에 들썩이고 있었다.

"미노 컴백하니까 구다진 님은 이제 찬밥 신세네?"

"다진 님? 그게 누구지?"

새이가 알 없는 안경을 치켜올리며 눈을 동그랗게 떴다.

문 앞이 소란스럽다 싶더니 아빠와 형진이가 같이 들어왔다.

"아저씨, 안녕하세요?"

새이가 꾸벅 인사를 했다. 인사성 하나는 좋다.

"어? 돼지 누나다!"

형진이는 새이만 보면 장난기가 발동한다. 새이는 씩씩대면서 형진이에게 주먹 날리는 시늉을 했다. 이럴 때 보면 둘이 남매 같다. 형진이는 나에게 늘 약간 거리를 두고 예의 바르게 군다. 다른 집의 평범한 남매는 어쩐지 새이와 형진이 사이 같을 것만 같다.

"아저씨, 오늘 우리 뭐 먹으러 갈까요?"

새이가 염치없이 물었다. 천진난만한 웃음을 지으며. 떡볶이를 망쳐 새이 배를 주리게 한 건 나니까 이번만 참아 주기로 했다.

"음, 뭐가 좋을까? 고기?"

"아, 죄송하지만 아저씨, 저는 베지테리언이거든요."

"베지 뭐?"

"아빠, 채식주의자. 새이가 얼마 전부터 채식하거든."

내가 얼른 끼어들었다. 채식주의자보다 베지테리언이란 명칭을 굳이 고집하는 새이다.

"그래? 그럼 뭐 먹지? 샤브샤브?"

"아, 샤브샤브 좋아요."

샤브샤브가 고기 요리라는 걸 아는지 모르는지 아빠와 새이는 얼굴을 마주하며 씩 웃었다. 기가 막힌다.

"샤브샤브보다 생선초밥은 어때?"

새엄마 의견에도 좋다고 손을 번쩍 드는 새이. 새이는 완벽하게 채소만 먹는 채식주의자처럼 굴면서 고기 빼고 먹을 건 다 먹었다.

결국 저녁 식사 메뉴는 초밥이 되었다.

초밥을 먹으면서 나는 평소와 조금 다른 생각을 했다. 전에는 보통 이런 생각을 했다.

이 맛이 아니야.
밥이 왜 이리 질어? 밥알이 더 씹혀야 하는데?
생선이 더 싱싱해야 한다고!
이건 고추냉이가 너무 적어.

그러나 이번에는 늘 가던 일식집인데도 다르게 느껴졌다. 초밥의 회 부분이 밥을 감싸고 있다가 입 안에서 하나가 되어 씹혔다. 밥에서 새콤하면서도 약간 달콤한 맛이 감돌았다. 씹을수록 고소함이 감도는 생선회가 새콤달콤함과 만나 조화롭게 어우러졌다. 나쁘지 않았다. 최상은 아니라도 그럭저럭 괜찮다는 너그러운 평가를 할 수 있게 된 것이다. 그래서 떠오른 생각은…….

어떻게 이런 맛을 냈을까?
식초는 얼마나 넣었을까?
생선회는 어떻게 뜬 거지?

밥을 뭉칠 때 어느 정도 강도로 쥐어야 할까?

내 신경은 온통 만드는 방법에 쏠려 있었다. 전에는 '맛'을 먹었다면, 이제는 누군가가 만든 '요리'를 먹었다. 요리에 대한 상상이 보태지면서 내 머릿속은 빠른 속도로 꽉 차 갔다. 식사 중에 새이가 재잘대며 수다를 떨 때도 아무 말도 못 할 정도로. 꼭 새이가 이 가족의 일원이고 나는 객식구인 것처럼 보였을 것이다.

식사를 다 하고 새이를 배웅한다는 핑계로 둘이 남았을 때, 나는 요리법에 대한 의문이 떠오른 사실을 털어놓았다. 새이는 깜짝 놀랐다.

"나도 그랬는데!"

"정말? 신기하다."

우리는 역시 소울메이트다.

"그러게, 신기하네. 너도 혹시 누구한테 도시락 싸 주려고 그러는 거야?"

새이는 곧 뮤지컬 연습에 들어가는 미노와 미노의 매니저 및 다른 단원과 스태프 것까지 50개의 도시락을 만들길 꿈꾸고 있었다. 기가 막혔다.

"아까 보니까 초밥도 예쁘게 놓여 있고, 반찬도 예쁜 그릇에 있는 게 딱 도시락 데코레이션 아이디어가 떠오르더라고."

"도시락 대신 싸 주는 업체도 있잖아. 돈 받고."

"그런 건 비싸잖아. 내가 직접 싸면 돈도 반밖에 안 들걸?"

"돈도 돈이지만, 그 많은 걸 혼자 어떻게 싸?"

"왜 혼자야?"

한숨이 절로 나왔다. 새이는 맑은 눈을 껌뻑이며 나를 보고 있었다. 50개의 도시락을 싸느라 손이 부르트는 내가 떠올라 아찔해졌다.

미노를 위한 도시락 50개

새이는 내 의사와 상관없이 나를 도시락 작전에 끼워 넣었다. 밤새 도시락 구성을 짜 오는 준비성도 대단했지만 추진력도 좋았다. 나는 깜빡하고 안 한 숙제를 학교에 와서 하느라 미치겠는데, 새이는 아랑곳하지 않고 도시락에 대한 프레젠테이션을 했다.

"여기서 우리가 제일 정성 들여 모양을 내야 할 건 이 달걀말이야."

나도 모르게 숙제하던 공책에 달걀말이라고 받아 적었다.

"야, 헷갈리잖아. 이따 말하면 안 돼?"

"그러게, 왜 숙제도 안 했어?"

"어제 너랑 가요 프로 보느라 그랬다, 왜!"

괜히 새이 탓을 하고 싶었다. 사실 나는 도시락을 싸기 싫었다. 그것도 미노를 위한 도시락을.

미노는 전혀 내 스타일이 아니었다. 마르고 귀엽고 옷 잘 입는 미노는 요즘 최고로 인기가 많았다. 게다가 흔치 않게 안티가 없는 호감형 바른 생활 아이돌이었다. 인성이 바르고 소박하며 착하다고 소문이 자자했다. 우리 반 여자애들 중에서 미노를 안 좋아하는 애는 거의 없었다. 집에 텔레비전이 없는 애가 아니고서야 이상형으로 미노를 꼽지 않을 수 없을 정도였다. 그러나 나는 성격이 이상한 것인지 모두가 좋아하는 연예인은 괜스레 싫어하는 습성이 있다. 나는 미노와 함께 라이벌로 데뷔했지만, 미노에게 밀려도 한참 밀려 이제는 예능 프로그램 보조 진행자로나 간간이 나오는 최한별을 남몰래 좋아하고 있었다. 최한별의 팬으로 미노 도시락을 싼다는 건 말도 안 되었다.

새이가 미노 자랑을 할 때마다 은근히 부아가 나는 건 그 때문일 것이다. 하찮은 일이지만, 새이에게도 말 못 할 비밀이었다. 거의 유일한 비밀. 아마도, 아직까지는.

"네가 안 도와주면 난 못 해. 50개를 혼자 어떻게 싸? 그나마 다른 팀이랑 나눠서 하는 거라 50개란 말이야. 하마터면 100개 싸야 할 뻔했다고."

"누가 안 도와준다고 했어?"

"치, 하기 싫다는 말투면서, 뭐. 싫음 하지 마."

새이는 입을 삐죽 내밀었다. 그러든가 말든가 나는 숙제를 했다. 새이를 달래 줄 여유가 없었다.

"너 아니라도 도와줄 사람 많다, 뭐."

새이는 도시락 그림으로 가득한 연습장을 들고 자리를 옮겼다. 어디로 갈지 궁금했지만, 나는 오기로 공책에서 눈을 떼지 않았다. 미노를 좋아하는 다른 여자애와 합심하거나 최근 채식주의자로 끌어들인 맨 뒷자리 애에게 갔으려니 했다. 그런데 멀지 않은 곳에서 새이의 낭랑한 목소리가 들려왔다.

"그러니까 네 말은 달걀말이 모양이 문제라는 거지? 그럼 동그란 달걀말이 할 수 있어?"

"뭐, 그럭저럭."

남자애 목소리였다. 설마.

"아버지께 배웠구나? 대단하다. 동그란 달걀말이도 하고."

"그냥 보면 알아. 자, 이렇게 조금씩만 달걀물을 흘려서 이렇게 말고."

새이는 미노에게 마음이 쏠려 다진 님을 잊은 게 아니었다. 도시락 하나로 미노와 다진 님 둘 다의 마음을 얻는 초특급 프로젝트를 계획했던 것이다. 차갑기만 한 구다진도 웬일인지 새이를 내치지 않았다. 앞에 앉게 허락했을 뿐만 아니라, 그림까지 그려 가며 달걀말이를 가르쳐 주고 있었다. 갑자기 새이를 무시하지 않을 만한 가치가 있다는 듯이 대하고 있는 것이다. 새이가 아니라 새이가 말하는 주제가 관심을 끌었겠지만.

싱글거리는 새이를 조용히 내 자리로 끌고 왔다.

"쟤가 도와준대?"

"아직 안 물어봤어. 일단 전문가에게 자문을 구한 것뿐이야."

"전문가는 무슨……."

"원래 아버님께 부탁하고 싶었는데, 아버님은 가게 오픈이 임박해서 바쁘시대. 왜? 너……, 도시락 싸고 싶어졌어?"

내가 안 한다고 하면 구다진에게 조를 것이 뻔했다. 어쩐지 그것보다는 내가 조금 귀찮은 게 나을 성싶었다. 새이는 부쩍 통통해진 볼을 흔들며 내 팔에 매달렸다.

"에이, 같이 좀 하자. 일 많이 안 시킬게."

어쩔 수 없었다. 숙제를 대충 마무리하고 공책을 덮었다. 새이 애교에 넘어간 게 아니었다. 단지 도시락 싸는 데 관심이 조금 생겼을 뿐이었다.

주먹밥은 밥을 볶아서 뭉치고, 반찬은 다섯 종류, 후식으로 먹을 과일도 있었다. 반찬은 동그란 미니 달걀말이, 잔멸치볶음, 미니 돈가스, 김치까지. 새이의 연습장에 있는 도시락 그림이었다.

"반찬이 너무 소박한 거 아냐? 연예인 도시락인데."

"그게 바로 고정관념이라는 거야. 다른 연예인 도시락을 보니까 무슨 인삼 뿌리 넣고 스테이크 넣고 아주 최고급으로 해 주는

데, 우리 미노 오빠 취향은 그게 아니거든. 미노 오빠가 전에 인터
뷰한 거 봤는데, 어릴 적에 할머니가 싸 준 도시락이 제일 좋았대.
아직도 제일 좋아하는 반찬이 달걀말이랑 멸치볶음이라고 했다
고. 그런 소박함이 바로 우리 미노 오빠의 매력이지. 우리 팬들은
다 알아."

"무슨 고리타분하게 추억의 도시락 이야기냐? 우리랑 미노랑
동갑인 거 잊었어? 계속 급식 먹었는데 무슨."

새이는 사랑에 눈이 먼 게 분명했다. 이번에는 정보의 진실을
파악하는 능력이 현저히 떨어져 보였다. 그래도 내가 무슨 말을
하겠는가. 내 미노 오빠가 아니고 새이의 미노 오빠인 것을. 쯧쯧.

우리는 무작정 마트에 가서 장을 봤다. 다 채울 수나 있을까 걱
정했던 큰 카트 안에 채소와 반찬 재료들이 쌓여 갔다. 가장 많이
산 건 과일이었다. 과일은 엄청나게 비쌌다. 씨 없는 청포도와 망
고, 블루베리, 사과, 딸기……. 여기서 이미 새이 용돈 대부분이
날아갔다. 잘게 썰어 일회용 컵에 따로 포장하려면 빨노파초 갖가
지 색이 골고루 섞여야 아름답다고 새이가 우겼다.

장바구니가 가득 찼다. 새이는 호기 좋게 장바구니를 맡았다.
미노 오빠에 대한 사랑이면 이 정도는 문제없다나?

곧 팔이 아프네, 다리가 아프네 투덜대기 시작한 새이는 결국
장바구니를 땅에 대고 질질 끌기에 이르렀다. 미노에 대한 사랑이
딱 5분만큼이었던 것이다.

집에 온 우리는 연습을 위해 일단 밥을 했다. 당일 우리는 40인분의 밥을 하기로 했으나, 아쉽게도 새이네 전기밥솥은 한번에 8인분밖에 할 수 없는 종류였다. 외식하는 주말마다 휴업에 들어가는 우리 집 밥솥도 고작해야 최대치가 10인분. 둘을 동시에 돌려도 두 번 이상 돌려야 한다는 계산이 나온다.

"밥만 해도 오전이 가겠다."

"샌드위치 도시락이 나을 걸 그랬나? 과일 도시락은 일단 포기하자."

연습은 50인분의 10분의 1인 5인분으로 해 보기로 했다. 밥솥이 밥을 하기 위해서 열심히 달리는 동안 나는 볶음밥을 할 채소를 잘게 썰고, 새이는 반찬을 만들었다. 그러나 다섯 번째 달걀을 깨던 새이는 결국 고개를 절레절레 흔들었다.

"이거 아무리 생각해도 미친 짓인 거 같아. 5인분에 5개씩 한다고 쳐도 50인분이면 달걀 50개잖아!"

이제야 정신을 차린 새이는 나뒹구는 달걀 껍데기를 손으로 으스러뜨렸다. 나도 고작 5인분의 채소를 써느라 손에 굳은살이 밸 지경이었다. 50인분이라니. 상상도 안 되는 양이었다.

"50개를 어떻게 싸지? 그냥 미노 오빠 것 하나만 쌀까?"

"어떻게 그러냐? 보통 스태프들 것까지 다 하는 거잖아. 너, 팬 카페에 이번 일요일에는 네가 맡아서 싼다고 글 올린 거 아냐?"

"올렸지. 그냥 대행업체에 맡길까?"

"그래! 좋은 생각이야!"

나는 새이가 마음을 바꾸기 전에 얼른 소리쳤다. 하지만 이미 썰어 놓은 당근과 애호박이 산을 이루고 있었다.

"우리 엄마가 이 꼴을 보면 날 죽이려고 할 거야."

다행히 새이 엄마는 이 꼴을 보지 못하고 동창 모임에 가 있었다. 장 본 건 냉장고에 넣어 놓으면 된다지만 이미 깨 놓은 달걀과 잘게 잘린 채소는 되돌릴 수 없었다.

한참 침울한 얼굴로 뒷수습을 하던 새이가 결국 새로운 대상을 찾아냈다.

"우리 다진 님네 가게 갈래? 간식으로 도시락 갖다 준다고 하면서 가게 위치도 알아내는 거지."

"그럼 그럴까?"

나는 내심 반가워 냉큼 대답했다.

딱 도시락 다섯 개. 목표물을 가볍게 바꾼 새이는 달걀을 풀기 시작했다. 나는 돈가스를 튀겼다. 볶음밥까지도 수월했다. 문제는 달걀말이였다.

먼저 프라이팬에 기름을 둘렀다. 불을 켜고 인내심을 가지고 달군 뒤 적당량의 달걀물을 붓는다. 달걀이 적당히 익었을 때 말기 시작한다. 어려울 것도, 복잡할 것도 없는 달걀말이의 완벽한 레시피.

그런데 '적당히'라는 부분이 발목을 잡았다.

"으악, 또 터졌어!"

"왜 안 붙지?"

우리는 번갈아 가며 비명을 내질렀다. 찢어지고 안 말리고 여간 속을 썩이는 게 아니었다. 그리고 그다음 단계인 말면서 달걀물 부어 더 크게 만들기는 상급 기술이었다. 가장 쉬워 보여서 선택한 달걀말이가 의외로 뒤통수를 쳤다며 새이는 툴툴거렸다.

결국 동그란 달걀말이니 네모난 달걀말이니 선택할 겨를도 없이 대충 말리는 대로 말 수밖에 없었다. 달걀말이라는 것도 간신히 알아볼 정도였다.

돈가스는 조금 타긴 했지만, 피클과 김치까지 담으니 그럴듯한 도시락이 완성되었다. 후식으로 포도와 딸기도 씻어서 담았다.

도시락이 완성되자, 새이는 전화를 걸었다.

"내가 줄 게 있으니까 저녁 먹지 말고 기다려. 내가 말했잖아. 도시락 50인분 싼다고. 그거 샘플 만들었는데, 5인분이니까 일하는 분들도 간식으로 드리고……. 네가 맛 좀 봐 줘. 아, 거기? 그래, 알아. 그럼 거기서 만나자."

이럴 수가. 새이는 구다진에게 전화를 한 것이다. 구다진이 뭐라고 했는지 들리지는 않았지만, 새이 얼굴이 활짝 피었다. 나는 새이 수완에 놀라 아무 말도 할 수 없었다. 자문을 구한다며 전화번호를 주고받은 건 알았지만, 친한 척 도시락까지 싸 가다니 나 같으면 꿈도 못 꿀 일이었다.

덕분에 나는 구다진의 요리사 아버지를 만날 수 있게 되었다. 그것만으로도 도시락을 싼다고 낑낑댄 보람이 있었다. 못난이 달걀말이지만, 최대한 꾹꾹 눌러 예쁘게 담아 보려고 노력했다.

"아."

공원 벤치에서 도시락을 열어 본 구다진의 첫 마디였다. 탄성도 실망도 아닌 아무 감정 없는 한 음절.

아.

새이는 구다진 반응에 실망한 듯했지만, 나는 구다진 아버지를 만나지 못한 것이 더 실망스러웠다. 구다진은 우리를 가게로 데려가지 않았다. 자신이 도시락을 갖다 드리겠다는 것이다. 새이는 가게에 가 보고 싶다며 졸랐지만 구다진에게는 전혀 먹히지 않았다. 작전 실패. 그래도 다행인 건 구다진이 시식을 해 준다고 한 것이다.

"이건 뭐야? 달걀말이 한다더니 그냥 스크램블 한 거야?"

구다진은 반찬을 하나씩 집어 들고 검사하듯 들여다보며 트집을 잡았다.

"어, 맞아. 스크램블. 스크램블 에그야."

새이는 애써 웃으며 돈가스를 권했다.

"이건 불을 너무 세게 해서 튀겼다. 한눈에 봐도 겉만 타고 속은 좀 덜 익었어. 돼지고기는 이렇게 단면이 빨간 기색이 없게 다 익혀야 한다고."

구다진은 내가 본 중 가장 말을 길게 했다. 그리고 나는 한마디도 못했다. 마음 같아서는 확 받아치고 싶었지만, 족족 맞는 말만 하니까 반박의 여지가 없었다. 슬프게도 내 실력이 딱 그만큼이었던 것이다.

"맛은? 그래도 볶음밥 맛은 괜찮지?"

"순서고 뭐고 기름 붓자마자 대충 넣고 볶았지? 때깔만 봐도 알겠다."

구다진이 또 입바른 소리를 하며 잘난 척을 했다. 맛을 보느라 만드는 족족 이것저것 집어먹은 터라 저녁을 안 먹었는데도 속이 안 좋았다. 부글부글 끓는 것 같기도 하고 더부룩한 것 같기도 하고 토할 것 같기도 했다. 내 얼굴을 빤히 보고 있던 구다진이 한마디로 정리했다.

"도시락 선물은…… 관둬."

저런 싸가지.

"야, 네가 절대 미각인지 뭔지는 모르겠는데 넌 뭐 요리 잘하냐? 우리 저번에 네 실체 다 알았거든!"

"아, 씨발. 도와줘도 난리야."

으, 사이코패스 녀석. 속으로 욕을 하는데, 구다진이 일어섰다. 동시에 도시락이 공중으로 잠깐 붕 떠오르나 싶더니 엎어졌다. 정말 슬로비디오처럼 천천히. 그대로 땅바닥에 나뒹군 도시락이 현

실처럼 느껴지지 않았다. 새이가 숨넘어갈 듯 헉 하고 신음 소리
를 냈다.

"너, 뭐하는 짓이야? 우리가 얼마나 힘들게 싼 건데!"

구다진 얼굴에 당황하는 빛이 스쳤다.

"아니, 난……."

구다진 말이 이어지기 전에 새이가 먼저 일어났다. 두 눈 가득
눈물이 차 있었다. 꾹꾹 참는 게 티가 났다. 새이는 내 손을 꽉 잡
더니 아무 소리도 없이 뒤돌아 뛰어갔다.

"야, 잠깐만."

구다진이 새이를 뒤따르려는 나를 잡았다. 그리고 녀석의 목소
리라고는 믿을 수 없을 정도로 부드럽게 말했다.

"미안해. 내가 실수했어. 최새이에게도 미안하다고 전해 줄
래?"

알록달록 쌍둥이 도시락

새이는 다시 미노에게 전념하기로 마음을 바꾸었다. 내가 아무리 구다진이 미안해하더라고, 그게 진심으로 느껴졌다고 해도 안 믿었다. 그 자리에서 들은 나도 믿기지 않으니 그럴 만했다. 새이는 구다진의 전화번호를 삭제하고 근처에는 얼씬도 안 했다. 나한테는 구다진 아버지에 대해서 관심을 기울이지 말라는 엄명을 내렸다. 여전히 새이는 달걀도 먹고 해산물도 먹는 너그러운 베지테리언이었지만, 나는 거기에 대해 더 아무 말도 안 하기로 했다. 나름대로 평온한 상태를 유지하고 있으니 건드리고 싶지 않았다.

"내 맘이야!"

어릴 때부터 새이가 자주 하는 말이었다. 말 그대로 새이는 자기 마음대로 할 때 가장 얌전했다. 언제나 자유롭고 낙천적이었다. 그런 새이가 잔뜩 긴장한 사건이 있으니 바로 첫 소풍이었다.

초등학교 1학년이 되고 나서 가게 된 첫 소풍. 우리는 더는 어린이집이나 유치원에 다니는 어린애가 아니었고, 학생이었다. 학생으로 가는 첫 소풍은 좀 다를 거라는 기대도 있었다.

새이도 그랬던 것이다. 선생님이 알려 주는 걸 꼼꼼히 받아 적으며 혹시라도 준비물을 빠뜨릴까 봐 전전긍긍했다.

"엄마한테 김밥 맛있게 싸 달라고 해서 가져오면 돼요."

선생님은 친절하게 말해 주었다. 그런데 그게 문제였다. 새이는 꼭 엄마가 김밥을 싸야 한다고 생각했고, 가게에서 산 김밥은 안 들고 가겠다고 고집을 부렸다. 새벽에 출근하는 터라 김밥을 쌀 시간이 없어서 가게 김밥을 사려고 했던 새이 엄마는 크게 당황했다.

"싫어, 싫단 말이야."

발버둥치는 새이를 놔두고 새이 엄마는 힘없이 김밥 재료를 사러 나섰다. 그리고 가게에서 구세주를 만나게 된다. 우리 엄마는 걱정하지 말라며 싸는 김에 새이의 도시락도 싸 주겠다고 한 것이다. 엄마가 오히려 기뻤을 것이다. 한 명이라도 더 자신이 만든 요리를 먹어 주는 것이 고마웠을 것이다.

다음 날 엄마는 평소보다 일찍 일어났다. 엄마가 주방에서 달그락거리는 소리를 듣고 나도 따라 일어났다. 엄마는 비엔나소시지를 데칠 물을 끓이고 있었다. 칼집을 내어 만든 문어 모양에 치즈와 깨로 눈을 만들어 붙였다. 껍데기를 깐 메추리알은 카레에 퐁당 넣어 노랗게 물들여져 병아리가 되었다.

"맛살 포장지 좀 벗겨 줄래?"

이윽고 엄마가 나에게 지령을 내렸다. 나는 득달같이 달려가서 조심조심 맛살 비닐을 벗겼다. 맛살은 섬세했고, 까딱하다가는 끊어질 수 있었다. 전에도 엄마를 도와 맛살 비닐을 벗긴 적이 있었는데 맛살에 상처가 나는 바람에 내가 그냥 먹어야 했다. 먹다 보니 맛있어서 일부러 험하게 벗겨 내기도 했다. 그러나 그날은 그럴 수 없었다. 친구 새이와 내 도시락을 위해서.

엄마는 달걀지단을 만들어 잘게 썰었다. 당근도 같은 두께로 썬 뒤 프라이팬에 볶았다. 기름과 당근이 만난 고소한 냄새가 집 안에 가득 퍼졌다. 김밥용 밥은 칙칙 소리를 내며 압력밥솥에서 끓고 있었다. 냄새를 맡고 일어난 아빠는 고기를 본 배고픈 강아지마냥 엄청나게 불쌍한 눈빛을 보냈다.

"조금만 기다려 줘. 애들 김밥부터 싸고."

"여보, 나 꽁지. 꽁지 부분은 나. 알지?"

아빠는 이때까지만 해도 미각이 살아 있었고, 엄마의 김밥은 특히 꽁지 부분이 맛있다는 걸 알고 있었다. 보통 때 같으면 나도 그 부분을 차지하기 위해 전선에 뛰어들었겠지만, 이번만큼은 조용히 있었다. 성공적인 도시락을 위해 그 정도는 양보할 수 있었다.

엄마는 다 된 밥에 참기름과 소금을 조금 더 넣고 주걱으로 섞었다. 밥이 뒤섞일 때마다 뽀얀 김이 하늘로 올라갔다. 그렇게 한 김 식힌 밥은 김 위에 얇게 퍼졌고 단무지, 햄, 당근, 우엉, 어묵, 맛살, 달걀이 들어가 누웠다. 엄마는 김밥말이를 능숙하게 말아 김밥을 꾹꾹 눌러 쌌다.

"엄마가 요리하는 모습을 가만히 보고 있으면 꼭 무용 공연을 보는 것 같아."

아빠는 언젠가 그렇게 말했다. 나도 동감이었다. 재료를 다듬고 김밥을 싸는 엄마의 몸짓 손짓 하나하나가 우아했고 정교했다. 엄마가 잘 갈린 예리한 칼로 김밥을 썰자, 속에 감춰져 있던 맛있는 냄새가 훅 튀어나오는 것 같았다. 예쁘고 맛도 좋은 김밥. 엄마는 소시지 문어와 메추리알 병아리 옆에 김밥을 놓았다. 마무리는 그 위에 휘리릭 뿌려진 깨.

토끼 모양의 도시락통과 곰 모양의 도시락통. 모양은 달랐지만 안에는 똑같은 엄마의 정성이 담겨 있었다. 꼭 쌍둥이처럼.

"엄마, 고맙습니다!"

나는 당장 이 도시락을 못 보는 새이 대신 큰 소리로 인사했다. 아마 새이였어도 그랬을 것이었다. 도시락은 완벽했으니까.

나는 새이에게 그때 일을 이야기했다. 새이 역시 기억하고 있었다. 그때 우리는 처음 같은 반이 되었고, 처음 단짝을 만들었고, 처음으로 소풍 장기 자랑에도 나갔다. 우리가 그때 무슨 노래를 불렀더라?

"뽀로로!"

"아!"

"대유치! 완전 유치! 대박 망신."

우리는 그때를 떠올리며 내 방에서 데굴데굴 굴렀다. 새이가 손을 드는 바람에 앞에 나가 둘이서 뽀로로 주제가를 불렀고, 초등학생 1학년인 주제에 자부심이 대단했던 반 아이들은 유치하다며 야유를 퍼부었다. 우리 인생에서 지우고 싶은 망신스러운 기억이랄까. 도시락은 완벽했으나 끝이 안 좋았던 소풍이다.

"그러고 보니 뽀로로는 아직도 인기네."

"그러게. 변함없는 인기다. 8년이나 됐는데."

8년. 엄마는 그 이듬해 나를 떠났고, 아직도 연락이 없다. 난 내 나름의 방법으로 엄마에게 복수 중이었다. 엄마를 안 보고 싶어하는 복수. 엄마 따위 보고 싶지 않다.

가끔 그런 생각은 한다. 혹시 엄마가 몹쓸 병에 걸려서 죽었는데 내가 충격을 받을까 봐 모두 속이고 있는 거라면? 차라리 그게 나을까? 적어도 배신감은 덜할 것이다.

다만 한 가지 나를 미치게 하는 것은, 엄마가 만든 요리가 그립다는 것이다. 그 식감, 맛, 냄새⋯⋯. 생생하던 그 감각이 점점 희

미해져 가고 있다. 그리고 언젠가는 잔상만 남기고 대부분 사라질 것이다. 더 늦기 전에 기억을 보충하거나 다른 대안을 찾아야 한다. 엄마는 잔인하다. 왜 나에게 이런 형벌을 내리고 사라진 걸까? 내가 뭔가를 잘못한 걸까?

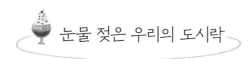
눈물 젖은 우리의 도시락

새이는 처음에는 맛있다고 소문난 도시락 업체에 문의를 해 보았다. 지나치게 비쌌다. 그래서 여러 업체에 연락해서 원하는 구성에 대한 견적을 받아야 했고, 마침내 적당한 곳을 찾아냈다. 그나마 메뉴가 옛날 소시지에 볶음김치, 달걀부침이어서 다른 도시락보다 단가가 꽤나 저렴했다. 물론 50개를 사야 하니 새이에게는 큰돈이었지만.

새이는 이번 건이 일생일대의 대사건이라며 대학 등록금으로 모으고 있던 적금을 깼다. 엄마 몰래 아빠의 동의를 얻어.

"너희 아빠 대단하다. 그런 걸 허락해 주셔?"

"우리 아빠는 내 말이라면 다 오케이야. 알잖아?"

하긴 새이 아빠는 외동딸 새이에게 무엇이든지 다 해 줄 사람이었다. 나는 조금 부러웠다. 우리 아빠가 나를 위해서 그때 어떻게 해서든 엄마를 잡았더라면…….

어쨌든 나는 공연장까지 배달 임무도 동행하기로 했다. 새이는 배달비를 아끼기 위해 배달을 직접 하기로 했다.

우리는 택시를 타고 공연장으로 갔다. 대기실에 세팅해 놓으면 공연이 끝난 뒤 스태프와 미노가 와서 먹을 것이다.

"아, 기분 좋아. 오빠가 맛있게 드셔야 할 텐데 말이야."

새이는 테이블 위에 도시락을 하나하나 내려놓으면서도 입을 다물 줄 몰랐다. 지금 이 순간만큼은 정말 미노의 아내라도 된 기분인 모양이었다. 나는 이해해 주기로 했다. 새이가 얼마나 간절한지 알기에. 새이는 휴대폰으로 테이블 위 도시락들을 찰칵찰칵 찍었다.

소박한 미노 오빠가 그때 그 시절을 떠올릴 만한
추억의 시골 도시락~
옛날 소시지에 볶음김치, 달걀부침…….
시골에서 키워 주신 할머니를 떠올리며
우리 오빠 눈물 한 방울 흘리시는 거 아닌지 몰라요.
이거 먹고 힘내세요, 오빠!

새이는 미노 팬카페에 사진과 글을 올렸다.

- 꺄. 우리 오빠에게 딱! 좋아하실 거 같아요!
- 진짜 미노 오빠 취향 저격!
- 아이디어 정말 좋네요~

다행히 반응이 좋았다. 빈티지 스타일로 이해하면 괜찮긴 했다. 도시락 업체에서 센스 있게 일회용 도시락 통을 크라프트지를 이용해 낡게 꾸미고 노끈으로 묶어 제법 그럴싸하게 분위기를 만들어 주었다. 게다가 집에서 쓰던 낡은 주전자까지 옆에 있으니 도시락과 맞춘 세트 같아 보였으니까.

"아 참, 물! 물하고 종이컵 어떡했지?"

"문 앞에 쇼핑백에 있을 거야."

새이는 생수는 성의 없어 보인다고 보리차를 사길 원했다. 그러나 보리차 음료를 많이 사기는 비싸서 우리는 직접 물을 끓여 큰 페트병에 나눠 담아 왔다. 택시에서 내려 2층까지 낑낑대며 들고 왔다.

"어? 없는데?"

"처음에 우리가 잘못 들어간 대기실 있잖아. 그 문 앞에 두고 왔어. 저 옆에."

"아!"

새이가 총총걸음으로 달려갔다. 나는 나머지 도시락을 좀 더 보기 좋게 쌓아 올려 두었다. 그때였다.

"형, 여기 있어?"

문이 벌컥 열리더니 어디선가 많이 들어 본 목소리가 쑥 들어왔다.

"어?"

나는 얼어붙었다. 미노였다. 미노 대기실은 다른 곳이고 이곳은 스태프 대기실이었다. 그런데 왜 여기에. 아직 공연 시작 전이었다. 그러므로 미노는 자기 마음대로 돌아다닐 자유가 있었다. 그래도 그렇지, 왜 여기에. 하필 지금.

"도시락? 이야……."

미노가 다가왔다. 뚜벅뚜벅 걸어서. 내 심장이 미친 듯이 뛰기 시작했다. 가까이에서 마주 본 미노는 피부가 정말 뽀얗고 하얬다. 눈, 코, 입. 하나도 빼놓지 않고 잘생겼다.

갑자기 정신이 번쩍 들었다. 나는 미노 라이벌 최한별을 좋아한다. 미노는 새이 것이다.

나는 막장 드라마에서나 보던 삼각관계를 떠올리며 앞으로 일어날 사태를 생각했다. 잠깐이라도 반했다는 건 평생 가져가야 할 비밀이었다. 특히 새이에게.

"어휴, 야. 이거 누가 보냈냐? 이거 제일 싸구려 도시락이지? 에이씨, 쓰레기 같은 걸 누가 먹어?"

미노 입에서 말이 쏟아지는 순간, 격하게 뛰던 내 심장이 순식간에 자기 속도를 되찾았다. 아무래도 미노는 내가 공연 스태프 중 한 명이나 아르바이트생인 줄 안 모양이었다.

"됐다, 됐어. 팬 관리 못 한 내 잘못이지. 내가 라디오 할 때마다 먹고픈 걸 그렇게 많이 얘기했는데, 다들 귓등으로 들었네. 못 먹어 봤다고 돌려서 말해서 못 알아들었나 봐?"

"뭐…… 먹고 싶었는데요?"

아, 바보. 멍청이. 미노에게 엄청나게 화를 낼 상황이었다. 그런데 바보 같은 질문을 하고 말았다. 여기서 뭐 먹고 싶었느냐고 묻는 게 말이나 되는가.

"미노 씨, 왜 여기 있어요? 리허설 들어가야 돼요."

때마침 스태프가 등장했고, 미노는 곧장 사라졌다. 나는 대답을 듣지 못했다. 대답을 들었으면 몇날 며칠 잠도 못 이뤘을지 모른다.

"아, 진짜 무겁다. 질질 끌고 왔어. 너, 이거 택시에서 어떻게 들고 내렸냐?"

배턴을 넘겨받듯 새이가 나타났다. 새이는 보리차가 든 생수병 다섯 개를 질질 끌고 오고 있었다. 그 빌어먹을 미노 자식이 먹을 보리차를. 눈물이 나오려는 걸 꾹 참고 나는 새이 손을 잡았다.

"야, 그만해. 그만두라고."

"왜? 이것도 세팅해 둬야지."

그간 도시락을 위해 고군분투했던 일들이 주마등처럼 스쳐지나갔다. 불쌍한 새이.

"방금 스태프 아저씨가 와서 빨리 나가래. 여기 문 닫아 둬야 한다고."

급하니까 양심에 거리낄 것도 없이 거짓말이 술술 나왔다. 다행히 새이는 그 말을 믿었다. 우리는 얼른 밖으로 나갔다. 들어갈 때는 양손이 무거워 택시를 타고도 낑낑댔는데, 이제는 너무 아무것도 없으니 허전했다. 그리고 서러웠다. 불쌍한 우리 새이, 도대체 무슨 짓을 한 거지? 고마워할 줄도 모르는 미노 자식을 위해. 왜 넌 못된 남자만 좋아하는 거니…….

일단 여기를 떠나고 싶었다.

"내가 어플로 택시 부를까?"

"아니, 택시는 무슨. 버스 세 번만 갈아타면 집에 가는데."

"……그래."

사실 새이는 이제 빈털터리였다. 적금이야 새이 아빠가 채워 주겠지만, 재료를 산다니 어쩌니 하면서 탕진한 용돈은 하나도 남아 있지 않았다. 충전해 둔 버스 카드가 전 재산. 나는 너무 너무 너무 너무 서러워 눈물이 쏟아질 것만 같았다. 마치 내가 실연당한 것처럼. 불쌍한 건 새이였지만 우리는 일심동체 절친. 내 마음도 미어졌다.

싸가지 미노의 발언은 죽을 때까지 비밀로 할 것이다. 기필코!

버스를 두 번 갈아타고 마지막 세 번째 버스를 탔다. 새이는 피곤한지 자리에 앉기만 하면 졸았다. 오히려 잘됐다. 차마 웃으며 새이와 수다를 떨 수가 없었다.

마지막 버스에서 내렸다. 우리는 버스 정류장에서 골목을 가로질러 아파트까지 가기로 했다. 그게 지름길이었다. 그런데 골목 끝에 못 보던 우동집이 보였다. 간판 불을 환히 켜 두고 마치 우리를 오라고 부르는 듯했다.

프랑스 우동 가게

가게 이름이 신선했다. 도대체 프랑스 우동은 어떤 거란 말인가? 우동을 떠올리는 순간 나는 무척이나 허기가 졌다. 눈물 젖은 붕어빵처럼 서러운 내 마음과 우동이 어쩐지 잘 어울렸다.

"우리, 우동 먹고 갈까?"

"웬 우동?"

새이는 미처 간판을 못 본 모양이었다. 나는 손가락을 뻗어 '프랑스 우동 가게'를 가리켰다.

프랑스 우동 가게

　우리 엄마의 엄마인 이천 할머니는 시장에서 가락국수를 팔았
다. 그래서인지 엄마는 가락국수를 절대로 만들어 주지 않았다.
어린 시절부터 평생 먹었으니 질릴 만도 했다. 심지어 라면이나
다른 국수도 먹지 않았다. 그러나 사실 엄마는 가락국수에 고마워
해야 한다. 할머니는 가락국수를 팔아 우리 엄마를 대학에 보냈
다. 결혼 자금도 일부 대 주었다.

　할머니를 생각하면 국수의 맛이 생각난다. 할머니가 다대기라
고 부르던 양념장은 매콤하고 짭쪼름했다. 할머니는 내가 여덟 살
이던 겨울에 돌아가셨다. 평생 그럴듯한 가게가 아니라 노점상으
로 시장 한쪽에서 국수를 판 게 불쌍하다고 엄마는 엄청나게 울었

다. 나도 할머니를 무척 좋아해서 돌아가신 게 슬펐지만, 엄마가 너무 울어서 오히려 울지 못한 기억이 난다.

아마 그쯤이었던 것 같다. 한동안 우울해하던 엄마가 자격증을 딴다고 요리 학원을 다니고 시험을 보러 다니기 시작한 것이.

"'프랑스 우동 가게'라니, 멋있다!"

우리를 유혹하듯 간판에 궁서체로 고고하게 적혀 있었다. '프랑스 우동 가게'라고. 들떠 있던 새이가 문득 목소리를 낮추고 물었다.

"우리 저기 들어가, 말아?"

조금 전까지 새이 몰래 상처 입은 나는 따끈하고 쫄깃한 우동 한 그릇이 절실했다. 그런데 어찌 된 일일까. 어쩐지 두려운 마음이 생겼다. 그리고 반발심 비슷한 감정이 들었다. 간판을 보자마자 동시에 떠오른 할머니의 가락국수가 그 이유일 성싶었다.

가락국수는 우동과 근본적으로 같은 음식이라는 말이 있다. 그러나 가락국수는 우동과 명백히 다르다. 우동과 흡사하지만 면과 국물 모두 다르다. 우동 국물을 낼 때는 가쓰오부시를 쓰지만 가락국수는 일반적으로 육수를 낼 때 멸치나 마른 밴댕이를 쓴다. 그리고 가락국수에는 고춧가루가 뿌려지는 일이 많다. 일본 우동보다 면이 가늘고 오히려 잔치국수와 흡사한 느낌이 난다.

나는 마치 프랑스 우동이 우리 할머니의 가락국수를 무시하기라도 한 것처럼 기분이 나빠졌다. 가락국수가 내 소울 푸드 중 하나라는 걸 알고 일부러 '프랑스 우동 가게'가 문을 연 것만 같았다.

할머니에게 전화를 걸어 투정 부리고 싶었다. 그러나 할머니는 이미 세상에 없다. 어쩌면 엄마에게 연락하고 싶은지도 몰랐다. 할머니의 가락국수가 모욕당하고 있다는 걸 누구에게라도 알려야 했다.

엄마를 떠올리니 돌이키고 싶지 않은 기억이 터져 나왔다. 엄마는 울기만 한 게 아니었다. 아빠와 싸우고 큰 소리를 냈다. 나는 밤마다 귀를 틀어막아야 했다.

엄마가 레스토랑을 열겠다고 가 버린 프랑스. 그리고 할머니의 가락국수와 비슷한 우동. 뭔가 꼬여도 단단히 꼬였다.

이건 악연이다.

"먹기 싫은 약 먹는 얼굴이다? 왜 그래?"

새이가 다시 확인했다. 나는 이미 다짐했다. 그곳에 당당히 들어서겠다고.

"내가? 내가 뭘?"

나는 일부러 큰 소리로 말하고 먼저 문을 열었다.

딸랑.

문에 달린 종소리가 먼저 들리고 이어서 검은색 앞치마를 깔끔하게 두른 남자가 인사를 했다.

"어서 오세요."

우리는 잠시 입구에 멀뚱히 서 있었다.

"편하신 데 앉으세요."

남자 종업원이 친절하게 말했다. 우리는 괜히 부끄러워하며 주춤거렸다. 그때였다.

"어?"

갑자기 눈앞에 구다진이 나타났다. 나는 눈을 비볐다. 정말 구다진이 서 있었다. 그때서야 간판을 보자마자 느낀 불길한 기운의 정체를 깨달았다. 단지 프랑스와 우동 때문이 아니었다. 새로 생긴 가게, 그리고 프랑스. 그 둘의 상관관계를 무의식 중에 계산했던 모양이다. 프랑스에서 온 구다진. 구다진네 새 가게.

새이와 나는 뜨악한 표정으로 서로의 얼굴을 마주봤다.

"저, 저기, 저쪽에 앉을까?"

새이는 구다진을 투명인간 취급하며 어색하게 창가 쪽을 가리켰다. 식사 시간이 훌쩍 지난 시각이어서인지 아직 홍보가 덜 되어서인지, 가게 안에는 손님이 하나도 없었다.

"그래, 가."

나는 앞장서라는 뜻으로 말했지만 새이는 내 뒤로 물러섰다.

"그래, 어서 가."

"가라니까."

나도 뒤로 물러섰다.

도대체 우리가 왜 이러고 있는지 정말 바보들 같았다. 다행히 남자 종업원은 우리가 어딜 앉든 언제 앉든 상관없는 것 같았다. 아예 우리 쪽은 보고 있지도 않았다. 물을 따르고 메뉴판을 챙기는 중이었다. 대신 앞치마를 한 구다진은 우리를 뚫어져라 보고 서 있었다.

"너희 가게야?"

구다진에게 어색하게 먼저 말을 건 것은 나였다. 새이는 우리를 돌아보지 않고 뚜벅뚜벅 자리로 가서 앉았다. 마치 로봇처럼.

"아르바이트는 아니야."

구다진은 무뚝뚝하게 툭 말했다.

순순히 자기네 가게라고 말하면 어디가 덧나나. 역시 사이코패스. 구다진과 우리가 아는 사이라는 걸 눈치챈 남자 종업원이 쟁반을 구다진에게 넘겼다.

구다진은 한숨을 푹 쉬더니 우리 테이블로 와서 테이블 매트를 깔고 젓가락과 숟가락을 세팅해 주었다. 새이는 구다진을 못 본 척 메뉴판을 정독하고 있었다.

"뭐 먹을 거야?"

"음……."

메뉴판을 펼쳤다. 메인 메뉴는 단 두 개였다.

프랑스 우동, 그리고 한국 우동.

다시 한 번 농락당하는 기분이 들었다. 구다진이 우리를 골탕

먹일 생각에 엉뚱한 메뉴판을 갖다 둔 게 아니라는 걸 아는데도 그랬다. 녀석은 그렇게까지 할 위인도 못 되고 사실 나에게 별 감정도 없을 거였다. 구다진이 싫은 건 나만의 일방적인 감정이다.

나는 분노를 참고 메뉴판의 설명을 읽어 보았다.

> 프랑스 우동 : 구 셰프가 프랑스에서 팔던 우동으로 담백한 맛이 일품이다.
> 한국 우동 : 구 셰프가 한국에서 즐겨 먹던 우동으로 김치의 얼큰함이 일품이다.

설명을 읽어도 감이 안 왔다. 그저 김치가 들어가고 안 들어가고의 차이? 잘 생각해 보면 프랑스 우동은 그냥 우동이고 한국 우동은 김치 우동이라는 소리였다. 정작 본고장인 일본 우동은 쏙 빼놓고서.

"어떡해?"

새이가 난감한 표정을 지었다. 어떡하긴 뭘 어떡해? 이럴 때는 정답이 있다.

"하나씩 시켜서 나눠 먹자."

맛을 보려면 이 방법밖에.

남자 종업원이 주문을 받아서 안으로 들어간 뒤에서야 나는 그 종업원이 꽤나 잘생겼다는 걸 깨달았다. 나이는 이십 대 중후반 정도? 구다진을 전혀 닮지 않은 걸로 봐서 친형은 아닌 듯했고, 얼굴을 보고 직원을 뽑은 듯했다.

새이는 갑작스러운 구다진의 등장에 긴장한 모양이었다. 원래의 새이라면 남자 종업원에게 한눈에 반해 미노와 구다진 님에 이은 세 번째 남자로 삼았을 터였다. 그러나 지금 새이는 그가 잘생겼다는 걸 전혀 알아차리지 못하고 있었다.

마침내 음식이 나왔다. 우리는 음식이 나올 때까지 아무 말도 하지 않고 창밖만 바라보고 있었다.

"오늘 손님도 없을 거 같은데 저 들어가 볼게요."

구다진이 앞치마를 벗었다. 그리고 곧바로 가게를 나가 버렸다. 문에 달린 종소리가 울리자, 굳어 있던 새이 얼굴이 확 폈다.

"휴, 생각도 못 했어."

새이가 속삭였다. 프랑스 요리를 파는 레스토랑일 줄 알았던 구다진네 가게가 우동 가게인 것도 놀라운데, 동네에 이렇게 작은 규모로 문을 열다니. 우리의 고정관념이 무너지는 순간이었다.

"요리 나왔습니다."

종업원이 우리에게 우동을 갖다 주었다. 구다진이 가게를 나간 뒤여서 다행이었다. 아니었으면 우동 맛도 모르고 체하기나 했을 것이다.

우동은 평범해 보였다. 하나는 김치가 들어 있어 붉은 국물이었고, 하나는 흔한 일식 우동집에서 먹는 그대로의 모습이었다.

"어떡할까?"

새이가 말했다. 짧고 간결한 말이었지만, 나는 새이와 함께한 오랜 우정의 시간 덕에 무슨 말인지 바로 알아들을 수 있었다.

"내가 먼저 프랑스, 네가 한국."

나는 매운 걸 먼저 먹어 정확한 맛 감정을 망치고 싶지 않았다. 그러나 새이도 그랬던 모양이다. 고개를 저었다.

"여기 앞 접시 좀 주세요."

새이가 손을 번쩍 들었다. 우리는 앞 접시에 프랑스 우동을 먼저 덜었다.

"먹어 보자."

새이가 심호흡을 했다. 나도 우동 가락을 집었다.

"으음."

새이가 음미했다. 나도 우동 가락을 입에 넣었다.

"아."

쫄깃했다. 탄력이 넘쳤다. 여태까지 먹어 본 그 어떤 우동보다 더. 쫄깃함은 흡사 떡과도 같은데 그렇다고 떡처럼 찐득하지는 않았다. 이로 깨물었을 때 가볍게 튕기는 진동이 느껴진다고 하면 거짓말이라고 할까? 적당히 녹은 모짜렐라 치즈 같기도 했다. 탄력과 고소함까지. 면 자체의 맛도 훌륭했지만, 면을 감싸고 내 입까지 따라 들어온 소량의 국물은 궁극의 깊은 맛이 있었다.

이건 뭐지?

그냥 가쓰오부시의 맛이 아니었다. 복합적인 맛이 나지만 하나의 맛이기도 했다. 그리고 면과 국물은 적당히 서로를 안고 있어 입 안에서 함께 뒤엉켰다. 씹었을 때의 고소함 뒤로 짠맛, 단맛, 깊은 맛이 따라와 하나의 우동을 만들어 냈다.

"맛있어……."

달리 표현할 말이 없었다. 새이도 고개를 끄덕였다.

"정말. 맛만 보고 한국 우동으로 넘어가려고 했는데 이게 그냥 입 안을 독차지하고 쭉쭉 들어가."

새이가 속삭였다. 둘이 나눠 먹은 프랑스 우동은 금세 바닥을 보였다. 우리는 국물까지 싹싹 긁어 다 먹어 치웠다. 그러고 나니 한국 우동에 대한 기대감이 싹 사라졌다. 같은 우동에 김치만 넣은 것이라면 짐작할 수 있는 맛일 것 같았다.

"그래도 먹어 보자."

새이가 내 생각을 읽기라도 한 듯 말했다. 아니 읽은 게 아닐 것이다. 우리는 음식을 먹으며 내내 같은 생각을 하고 있었다. 잘생긴 종업원이 센스 있게 앞 접시를 새로 가져다주고 컵에 물을 채워 주었다. 우리가 마치 요리 경연 대회의 심사 위원이라도 되는 것처럼.

먼저 한 젓가락 가득 면을 건져 앞 접시에 덜고 국물을 덜었다. 아까의 국물과는 다른 붉은빛 국물. 고춧가루도 보였다. 나는 잠시 망설이다가 면을 먼저 맛보았다.

"아."

탄성이 절로 나왔다. 달랐다. 분명 같은 면이었는데, 면이 머금고 있는 맛이 달랐다. 아까는 짭조름한 느낌이 먼저였다면 이번에는 매콤함이 먼저였다. 첫맛부터 밀어붙이는 매콤함이라니. 그리고 이어지는 면발의 쫄깃함, 마지막으로 느껴지는 개운한 후련함……. 맛의 표현이 애매한 것은 내가 말로 표현할 수 없기 때문이다. 그만큼 복잡하고 심오한 맛이었다. 한 번 씹을 때마다 다르지만, 한 마디로 정의하자면 '맛있다'로밖에 표현할 수 없는 맛.

서둘러 국물을 한 숟가락 떠 입에 넣었다. 이번에는 시원했다. 뜨거운 탕 속에 들어가 시원하다고 말하는 어른들의 속뜻이 무엇인지 알 것 같았다.

이번에도 순식간에 한 그릇을 비웠다. 새이가 아쉬운 듯 입맛을 쩝쩝 다셨지만 나는 모른 척했다. 더 시켜서 먹을 수가 없었다. 구다진 아버지의 음식이 맛있을 줄은 알았지만 이 정도일 줄이야. 투박한 할머니의 가락국수는 비교도 안 됐다. 내 소울 푸드가 철저히 짓밟혔다. 혼란스러웠다.

"나, 집에 갈게. 내일 학교에서 보자."

나는 새이에게 오늘은 연락하지 말아 달라는 말을 돌려서 하고 집으로 곧장 갔다. 단짝 새이는 언제나처럼 내 말을 단번에 알아듣고 안쓰러운 얼굴을 했다. 내 기분이 왜 바닥으로 떨어졌는지 묻고 싶은 눈치였지만, 묻지 않아 주었다.

내 방에 앉아 나는 다시 메뉴판을 떠올렸다.

프랑스 우동 : 구 셰프가 프랑스에서 팔던 우동으로 담백한
맛이 일품이다.
한국 우동 : 구 셰프가 한국에서 즐겨 먹던 우동으로 김치의
얼큰함이 일품이다.

프랑스 우동은 메뉴판에서 이미 자신이 잘 만드는 주력 메뉴라
는 자부심이 엿보였다. 늘 만들어서 팔던, 자신만의 노하우가 들
어간 레시피의 메뉴. 그러나 한국 우동은 반대였다. 한국에 있을
때 자신이 가장 좋아하던 우동. 즉 다른 사람이 만들어 자신이 사
먹던 우동이었다. 그런데 그 맛을 재현한 우동 또한 기가 막히게
맛있다니.
분했다. 도대체 왜? 나는 구다진의 아버지에게 적의를 느낄 이
유가 없었다. 그러나 분노가 치밀었다. 정확히는 요리를 한 구 셰
프가 아니라 나에게 분노하고 있었다.
나도 그렇게 하고 싶었다. 내가 맛있게 먹던 음식들을 만들어
내고 싶었다. 엄마가 해 주던 소소한 음식들. 특히 그 간단해 보이
던 오므라이스. 지금은 맛볼 수 없는 음식들을 내 손으로 만들어
내고 싶었다.

그리운 삼색 샌드위치

"입맛이 없어?"

새엄마가 나를 걱정했다. 눈치 없이 내 방을 들락거리는 형진이를 내쫓고는 책상 의자에 앉아 침대에 누운 나를 바라봤다.

"신경 쓰지 마세요."

나는 구태의연한 청소년들의 대사를 내뱉고 벽 쪽으로 돌아누웠다. 등으로 새엄마의 시선이 와서 꽂혔다. 진심으로 걱정하고 있는 게 느껴졌다. 이럴 때마다 나는 새엄마가 내 친엄마보다 훨씬 낫다고 생각한다. 엄마는 날 버렸는데, 새엄마는 날 키워 주고 있다. 입맛이 없을까 봐 걱정하고, 어딘가 기분이 안 좋은 건 아닌가 살핀다. 엄마는 그러기는커녕 어딘가로 제멋대로 가 버렸다.

"그래도 뭐라도 좀 먹어야지. 빵이라도 좀 사다 줘?"

"정말 아무것도 먹기 싫어요. 배도 안 고프고 지금 뭘 먹어 봤자 맛있을 것 같지가 않아요."

나는 차분하게 설명했다. 새엄마가 걱정하는 건 싫었다.

"그래. 그럼…… 밤늦게라도 뭔가가 먹고 싶어지면 말해 줄래? 나, 라면은 잘 끓이는 거 알지?"

고마운 말이었지만 새엄마는 착각하고 있었다. 새엄마는 라면도 잘 못 끓였다. 봉지 뒤에 적힌 레시피 그대로 하는 건데도 잘 안 되는 모양이었다.

문득 새엄마에게 물어보고 싶어졌다. 확실하게 해 둘 게 있었다. 들은 것이 있다면 그나마 사실대로 말해 줄 만한 유일한 사람이었다.

"잠깐만요."

나는 방을 막 나가려는 새엄마를 잡았다.

"왜? 뭐 생각나는 음식이라도 있니?"

"우리 엄마 혹시 어디 아팠던 거 아니에요?"

"응?"

새엄마 얼굴에 놀라움이 번졌다. 어떤 의미의 놀라움인지는 선뜻 읽어 낼 수 없었지만.

"엄마가 정말 레스토랑 열려고 아빠랑 이혼하고 프랑스 간 거 맞아요?"

"그건……."

새엄마가 당황했다. 설마 아빠가 진실을 이야기해 주지 말라고 한 건가? 엄마가 이 세상에 없다는 슬픈 진실을 알면 내가 고통스러워할까 봐?

"왜 갑자기 그런 이야기를 하니?"

'맛있는 우동을 먹어서요.'라고 하기에는 내가 생각해도 말이 안 되는 대답이었다. 그런데 그건 사실이었다. 구다진 아버지의 우동을 다 먹고 나서 멍하니 누워 있는데 그런 확신이 들었다. 이 모든 게 잘 짜인 각본이라고. 엄마가 레스토랑을 열고 싶다고 떠난 것도, 수년이 지나서 하필 프랑스에서 온 우동을 먹게 된 것도, 다 단체로 나를 속이기 위해 그린 커다란 그림이었던 게 아닐까. 나는 〈트루먼 쇼〉라는 영화의 주인공처럼 혼자만 모르고 있었던 것이다.

엄마는 죽었다. 사실 나는 내내 그렇게 생각하고 있었다.

"진실을 알면 말해 주세요."

"헤어진 이유는 정확히 몰라. 일부러…… 자세히 알려고 하지 않았어. 미안해. 정말이야. 알면 너한테 하는 내 행동에 영향이 갈까 봐 몰라야 한다고 생각했어."

새엄마가 이렇게까지 생각하고 있는 줄은 몰랐다. 재혼을 하기 전에 많은 것을 고려했으리라 짐작했지만 나를 중심으로 생각했을 줄은.

"엄마 생각이 나서 그러는 거니? 혹시…… 너희 엄마가 해 줬던 음식…… 먹고 싶은 거 있으면……. 이런 말 우습지만, 내가 한번 해…… 볼까?"

가슴이 울컥했다. 유치하기는! 이런 전개를 기대한 건 아니었다. 그저 새엄마에게서 정보를 알아내고 싶었을 뿐이다. 그런데 내 입에서는 대답이 나왔다.

"샌드위치요……."

"샌드위치?"

입이 주책이었다. 내 무의식이 그때 그 샌드위치를 원하더라도 난 조용히 있어야 했다. 그런데 말해 버렸다. 누가 속에서 조종이라도 하듯.

"제과점에서 파는 거 말고요."

"그럼? 엄마가 요리를 잘하셨다는 건 알고 있어. 어떤 거였니?"

"……삼색 샌드위치요."

"아, 대충 감이 온다. 세 가지? 뭐가 들어가는 걸까?"

"오이, 햄, 달걀……."

난 왜 약 먹고 취조당하듯 줄줄이 다 말하고 있는가.

"오케이."

새엄마가 방문을 나섰다. 나는 그대로 베개에 얼굴을 파묻었다. 바보 같았다. 새엄마가 해 주는 친엄마 요리를 먹고 싶어 하는 내가. 하지만 난 위로가 필요했다. 스스로 요리를 하는 것도 좋지만 때로는 고요한 휴식도 필요했다. 이럴 때 날 위로하는 것은 다른 사람이 해 주는 음식이었다. 오늘은 그 삼색 샌드위치가 먹고 싶었다.

삼색 샌드위치는 엄마가 후딱 해 주는, 말 그대로 엄마표 패스트푸드 중 하나였다. 어떻게 그렇게 금방 할 수 있는지는 미지수. 그러나 내가 먹고 싶다고 말하자마자 뚝딱뚝딱 만들어 내던 기억이 난다. 어릴 때여서 시간 감각이 달랐는지는 모르겠지만 적어도 내 기억 속에서는 가장 손쉽게 해 주던 간식이었다.

"누나, 엄마 화났어? 왜 저래?"

형진이가 방으로 쪼르르 달려왔다.

"무슨 말이야?"

"엄마가 주방에서 막 오이를 던지고 그릇을 꽝꽝 두드려."

나가 보니 주방이 난리법석이었다. 바닥에 떨어져 뒹구는 오이와 사방에 튄 삶은 달걀 부스러기들. 새엄마는 이 난리통 속에서 햄을 프라이팬에 넣어 볶을지 말지 고민 중이었다.

"……죄송해요."

내 잘못이었다. 요리에 익숙하지 못한 새엄마에게는 간단한 샌드위치가 아니라 엄청난 미션이었던 것이다.

"아니야, 거의 다 했어. 햄만 마요네즈에 버무리면 돼."

나는 기다렸다. 그게 예의일 것 같았다. 주문을 한 이상 끝까지 기다려 맛있게 음식을 먹어 주는 예의.

새엄마는 끝끝내 샌드위치를 만들어 냈다. 모양은 울퉁불퉁하고 썰어 낸 단면에서 내용물이 우수수 떨어져 내렸지만, 그래도 정말 삼색 샌드위치였다. 오이의 초록, 달걀의 노랑, 햄의 분홍이 한 칸씩 잘 차지한.

"잘 먹겠습니다."

크게 한입 깨물었다. 나보다 먼저 형진이가 소감을 내뱉었다.

"맛없어."

형진이가 미각을 가지고 있다는 걸 확인해서 기쁘기는 했지만, 미안한 마음이 먼저였다.

"맛있어요. 정말이에요."

나는 거짓말을 하며 일부러 더 크게 한입 깨물었다. 오이는 너무 두꺼워서 씹기가 힘들고, 마요네즈는 넘치게 들어가서 빵이 흐느적거릴 정도였다. 달걀은 퍽퍽했다. 세 가지 맛이 도무지 조화를 이루지 못하는 삼색 샌드위치.

그러나 다음 한입이 이어졌다. 새엄마는 아무 말도 안 했다. 하지만 나는 샌드위치를 형진이 것까지 다 먹어 치웠다. 먹는 걸 멈추면 눈물이 나올 것만 같았다.

새엄마의 샌드위치는 결코 맛있지 않았다. 그러나 나는 원조 샌드위치보다 손을 들어 주고 싶었다. 사실 친엄마의 샌드위치는 맛이 기억나지 않았다. 그때는 엄마에게 자주 해 달라고 할 정도로 좋아했는데, 이틀에 한 번씩 먹던 시절도 있었는데, 이제는 아무 기억도 안 났다. 일상이던 맛이 잊힐 수도 있는 것인가? 아니면 일상이었기 때문에 잊은 것인가?

새엄마가 나를 안아 주었다. 나는 가만히 안겨 있었다. 형진이가 집게손가락을 쭉 뻗어 내 눈을 가리켰다.

"어? 엄마, 누나 운다. 맛없어서 우나 봐!"

다음 날 나는 혼자 '프랑스 우동 가게'로 갔다. 한 번 더 맛을 보고 결판을 내리라 마음먹었다. 엄마에 대해 묻자. 죽었는지, 살았는지, 어디에 있는지……. 속 시원히 말해 줄 때까지 아빠를 들들 볶을 작정이었다. 생각의 정리와 결심을 위해서 새이에게 연락도 하지 않고 혼자 온 것이었다.

그런데 가게 문은 굳게 닫혀 있었다.

일요일은 쉽니다.

일요일은 쉬다니! 토요일과 일요일은 대목 아닌가? 가정집들 사이 골목에 음식점을 낸 것도 대단하다고 생각했는데, 일요일은 쉬다니. 이 무슨 배짱인가. 하긴 이 맛이라면 SNS 입소문을 타고 금세 핫한 맛집이 될 것이 뻔했다. 하루 백 그릇만 파는 짬뽕집이 안 망하고 오히려 인기를 끄는 것처럼.

"뭐 하냐?"

뜻밖에도 누군가 말을 걸었다. 구다진이었다. 뜬금없이 나타난 구다진을 보자 소름이 돋았다.

"너, 넌 여기서 뭐 하는데?"

"아버지가 일요일에 왜 장사를 안 하나 의아해하는 중이시다."

"나랑 같네. 그런데 넌 자기 아빠 식당이 일요일에 문을 여는지 안 여는지도 몰라? 종교 때문에 안 여시는 거 아냐?"

"남의 집안 사정 뭘 그렇게 신경 쓰는데? 우리 아버지 종교 없어."

구다진 특유의 까칠한 표정이 나왔다. 구다진을 마주친 것도, 우동을 못 먹는 것도 유감이었다. 배가 고팠다. 아침도 안 먹었는데 벌써 정오였다.

"따라오든가."

구다진은 내 대답 따위는 듣지도 않고 앞장서서 걸어갔다. 수상하고 냉정한 녀석. 나를 도대체 어디로 데려가려고? 살짝 겁이 났지만 그래도 따라가지 않고는 배길 수가 없었다. 나는 구다진이 이상했지만 그만큼 궁금했다.

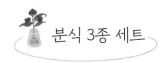

분식 3종 세트

　구다진은 멀리 가지 않았다. 동네 골목길에 서 있는 흔한 분식
집으로 들어갔다. 나는 조금 실망했다. 무시무시한 뭔가라도 기
대했던 모양이다.
　이름도 어디에나 있을 법한 '맛나분식'.
　"여기 맛있어?"
　"맛있나?"
　구다진은 애매하게 말하면서 문을 밀고 들어갔다. 허름한 외관
때문에 별 기대를 안 했는데 좁은 식당 안에는 사람들이 꽤나 많
았다. 일요일 정오에 분식을 먹으러 오는 사람이 이리 많다는 게
신기할 정도로. 조금 기다리니 다행히 한 테이블이 비어서 냉큼

가서 앉았다.

"뭐가 맛있어?"

"여기 튀김 바삭바삭해."

"그래?"

그제야 나는 다른 테이블의 음식을 둘러보았다. 김밥과 떡볶이, 그리고 튀김이 주종목인 것 같았다. 특히 튀김은 꼭 끼어 있는 메뉴였다.

"떡볶이는 어때?"

"쫄깃해."

"양념은?"

물으면서도 기분이 묘했다. 이상한 기시감 같은 게 느껴졌다. 하지만 구다진과 마주 앉아 음식을 고르는 상황은 꿈에서도 상상해 본 적이 없었다.

"대충 좀 먹어."

다시 까칠함을 출동시킨 구다진은 떡볶이와 모둠튀김, 김밥을 시켰다. 분식집답게 금방 음식이 나왔다. 마침 배고팠던 나는 김밥을 에피타이저 삼아 시작하려 했다. 그러나 구다진은 튀김 쪽으로 먼저 젓가락을 향했다. 튀김? 역시 튀김이구나. 나도 김밥 앞에서 젓가락을 틀어 튀김으로 갔다. 구다진은 잘 튀겨진 김말이를 떡볶이 국물에 찍지도 않고 입으로 가져갔다. 음, 분식집 튀김은 자고로 떡볶이 국물에 적셔 먹는 게 제맛 아니던가? 아니다. 오늘

만큼은 구다진을 따라 해 보자.

바삭바삭.

"으음."

입 안에서 경쾌한 음악이 연주되기 시작했다. 흡사 웃음소리와도 같은 튀김 부서지는 소리가 입 안을 채웠다. 구다진이 옳았다. 튀김의 식감이 정말 뛰어났다. 김말이의 당면이 입 안에서 톡톡 터지는 것 같아서 불꽃놀이가 떠올랐다. 가장 큰 불꽃이 터지는 순간의 환호성까지.

튀김이 이 정도라면 떡볶이도 기대할 만하지 않을까? 나는 다음 공략 상대를 떡볶이로 정했다. 그러나 구다진은 튀김만 먹었다. 떡볶이나 김밥 쪽으로는 눈길도 주지 않았다.

"왜 튀김만 먹어?"

"이게 먹을 만하니까."

"떡볶이는?"

"이제 먹을 거다. 왜!"

구다진이 갑자기 버럭 소리를 질렀다. 역시 이상한 놈이다. 나는 그래도 구다진을 따라 떡을 집었다.

쫄깃하다. 구다진이 이번에도 옳았다. 그런데 맛은? 맛은 평범했다. 좀 싱겁다고 해야 하나. 물론 떡볶이의 핵심은 MSG라고 하지만 지나치게 그 맛이 나고 균형이 약간 안 맞는 느낌이었다. 소스의 새빨간 빛과 달리 물을 탄 듯 깊은 맛은 덜했다.

구다진은 말없이 계속 떡을 건져 입에 넣고 질겅질겅 씹었다.

나 또한 아무 말도 없이 김밥으로 넘어갔다. 평범했다. 물론 훌륭한 튀김에 비해 모자라다는 것이지 형편없다는 뜻은 아니다. 중간은 가는 무난한 맛?

어쨌든 다 먹고 가게를 나섰다. 밖으로 나와서야 나는 음식에 대해 운을 띄웠다.

"어떻게 저렇게 바삭한 튀김을 만들었을까?"

"얼음물이겠지."

"얼음물 쓰면 바삭해져?"

구다진이 뜨악한 얼굴로 나를 바라봤다.

"넌 요리 안 하냐?"

"해 본 적은 없지만 하는 법은 알아."

나는 요리책을 읽은 기억을 떠올리며 말했다. 순간 머릿속에 튀김에 차가운 물을 쓴다는 글귀가 떠올랐다. 분명 나도 차가울수록 바삭해진다는 걸 알았던 것이다. 실습을 안 해서 잊었을 뿐.

"해 본 적이 없는데 어떻게 아냐?"

"그래, 난 먹을 줄만 안다!"

별생각 없이 내지른 말이었다. 그러나 구다진 얼굴이 순간 진지해졌다.

"잠깐 이리 와 봐."

그대로 공원 벤치까지 따라가고 말았다. 벤치에 앉고 나서야 구다진이 물었다.

"떡볶이 맛 어땠어?"

내가 느낀 그대로를 이야기해 주었다. 구다진이 너무 진지해서 다르게 둘러댈 말이 떠오르지도 않고 거짓말할 이유도 없었다. 내 친김에 김밥에 대해서도 말했다. 기대에는 못 미쳤다고 말이다.

"그런데 네 말대로 튀김은 정말 바삭했어."

괜히 미안해진 나는 덧붙였다. 그러나 구다진은 덧붙인 말은 신경 쓰지 않고 골똘히 무언가를 생각하고 있었다.

"최새이가 너 미식가라고 하더라. 절대 미각이라고."

도대체 왜 그런 말을 구다진에게. 새이가 원망스러웠다.

"아, 하하하하."

나는 어색한 웃음을 흘렸다. 아니라고 할 수도 인정할 수도 없었다.

"절대 미각까지는 몰라도 네 미각이 꽤나 괜찮은 것도 같아. 저번에 요리 실습 때 만든 볶음밥 말이야. 네가 지휘한 거지? 맛있다고 다들 그랬잖아."

"그랬어? 하지만 네가 나보다 더 음식에 조예가 깊은 거 같은데?"

감동이었다. 나보고 미식가라고 한 게 문제가 아니라 둘이 나눈 대화 중 가장 길게 말한 것이.

"그게 사실은……."

구다진이 무슨 말인가 하려 했다. 그러나 이내 입을 닫아 버리더니 말을 돌렸다.

"떡볶이에 뭐가 부족했던 건지 생각해 와. 숙제야."

"숙제?"

"그 집 장사 잘되는 게 튀김 덕이긴 하지만 다들 불만 없이 그 떡볶이를 먹어. 그런데 넌 뭔가 부족하다고 느꼈다며?"

"응, 묘하게 뭐가 빠진 것 같았어."

"토요일에 우리 아버지 가게로 와. 12시."

구다진은 토요일에 내가 선약이 있는지도 묻지 않고 일방적으로 무례하게 말했다. 그러나 나는 재미있었다. 왜일까?

"응."

냉큼 대답했다. 심장이 요동쳤다. 구다진이 좋아서는 아니었다. 평범한 내 일상에 무슨 일인가 일어날 것만 같아서 설렌다는 게 더 맞을 것이다. 어쩌면 그동안 나는 별일 없이 살기 위해 노력했던 것 아닐까? 엄마 없는 아이 티가 나지 않게 평범하게, 큰 소란 없이.

그런데 지금은 소란이 일어나도 상관없다는 생각이 들었다.

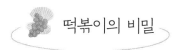 떡볶이의 비밀

새이에게도 말하지 않기로 했다. 아니 못 한다. 이상한 일이지만 아무에게도 말하면 안 될 것 같았다. 구다진이 비밀을 만들어 버렸다. 월요일에 뭔가를 기대하고 학교에 갔지만 구다진은 나에게 말도 걸지 않았다.

나는 마치 주말에 구다진과 사귀기로 한 비밀 여자 친구라도 된 기분이었다. 구다진은 내 쪽은 의식조차 안 하는 것 같았지만, 나는 틈틈이 그쪽을 바라봤다.

"너, 왜 그래? 어디 아파?"

눈치 빠른 새이는 내 변화를 눈치챘다. 월요일부터 이러면 일주일도 못 가서 새이가 다 알아 버릴 터였다. 그렇다고 거짓말을 하기도 싫었다. 나는 이러지도 저러지도 못하는 상태에서 떡볶이에 대한 숙제까지 해야 했다.

"우동에 대한 충격이 아직도 가시지 않은 거야?"

"그, 그렇지."

"한 번 더 먹어 보는 건 어때? 오늘 갈까?"

"아니야. 오늘은 좀……. 학원도 가야 하고. 숙제도 있고."

이 숙제가 그 숙제가 아닌지라 나도 모르게 나와 버린 숙제라는 단어에 잔뜩 긴장했다.

"아, 평일은 좀 그렇지? 그럼 토요일에?"

토요일? 하필 토요일이라니. 혹시 새이가 뭔가 알고 있는 걸까? 물론 아니다. 토요일 스케줄은 거의 새이와 함께했으니 그저 별생각 없이 한 말일 것이다. 내가 우물쭈물하는 사이에 새이가 다시 말했다.

"일요일?"

"일요일은 문 닫아."

말하고 나서야 아차 싶었다.

"응? 일요일 닫아?"

"어……. 사실은 일요일에 다시 먹어 보러 갔거든."

그 뒤는 말 안 할 생각이었다. 내가 입을 다물면 그만이었다. 문이 닫혀 있어서 누구와 다른 음식을 먹은 건 아니냐고 꼬치꼬치 물어볼 것도 아니었다. 그러나 나는 그럴 수 없었다. 어차피 내가 토요일 스케줄이 있다는 걸 알게 될 테니, 나는 결국 거짓말을 하거나 고백을 하거나 둘 중 하나를 선택해야 할 것이다.

나는 새이에게 모든 걸 털어놓고 말았다. 비밀이라는 것은 정말 어려운 거였다. 물론 싸가지 미노에 대한 건 영원히 비밀로 할 생각이었다. 그건 정말, 진심으로, 새이를 위한 일이었으니까.

이야기를 다 들은 새이는 몇 차례 놀라더니 한 마디로 이 상황을 정리했다.

"너, 데이트한 거네."

"아냐."

"그리고 이번 주에 또 하는 거네."

"아냐."

"우째 이런 일이."

새이가 계속 혀를 차니까 은근히 기분이 나빴다. 이 반응은 뭐지? 잠깐. 구다진에 비해 내가 부족하다는 건가? 이해 안 가는 상황이라는 반응이 야속했다.

"어쨌든 난 마음이 안 좋네."

마음이 안 좋은 건 나였다.

"네가…… 왜?"

"가장 친한 친구를 남자에게 일정 부분 내어 줘야 하잖아. 그래도 널 응원할게."

새이가 나를 꼭 껴안았다. 오해했다. 새이는 나를 아까워하고 있었다!

"어쨌든 아직 넌 그의 여자 친구가 아니니까 방심하지 마. 내어준 숙제가 미션인지 몰라. 일종의 관문이라는 거지. 파이팅!"

새이 얼굴이 비장했다.

구다진은 객관적으로 봤을 때 뛰어나게 잘생긴 건 아니지만, 가만히 보면 귀여운 축에 속했다. 새이가 반할 만큼 개성 있는 스펙도 가지고 있었다. 성격만 빼면 다 괜찮았다. 그러나 나는 성격을 가장 중요하게 생각한다.

"난 구다진이랑 사귀거나 비슷한 거라도 할 생각 없어."

"토요일은 구다진 님에게 아율을 양보하마. 대신 일요일에 나랑 데이트다. 오케이? 우동은 못 먹어도 우리는 데이트해야지."

새이는 내 이야기를 믿지 않고 깔끔하게 정리하며 이야기를 끝냈다. 그러나 내 숙제는 끝나지 않았다.

집에 와서도 떡볶이에 대한 생각은 떠나지 않았다. 엄마가 해 주던 떡볶이에는 있었으나 그 떡볶이에게는 없었던 것.

"떡볶이……, 떡볶이……."

나는 떡볶이라는 말이 입에 붙은 것처럼 중얼거리고 다녔다.

"누나, 떡볶이 먹고 싶어?"

형진이가 고개를 갸우뚱했다.

"아냐, 꼬맹아."

난 괜히 형진이를 타박했다. 머릿속이 복잡하고 잘 안 풀리는 게 속상해서 화풀이를 한 거였다. 그러나 착한 형진이는 대거리를 하는 대신 자기 엄마에게 쪼르르 달려갔다.

　　"엄마, 누나가 떡볶이 먹고 싶대."

　　"내가 언제?"

　　엄마에게 고자질하는 대신 나를 챙겨 주는 형진이. 어쩜 자기 엄마랑 그렇게 똑같을까? 역시나 새엄마는 기뻐하며 떡볶이 만들 재료를 사러 나갈 준비를 했다.

　　"정말 아니에요. 괜찮아요."

　　나는 극구 말렸다.

　　"왜? 내가 만든 건 맛없을까 봐?"

　　새엄마가 슬픈 눈으로 나를 바라봤다.

　　"설마요! 그런 거 아니에요!"

　　"그럼 저녁 식사로 만들어 볼게. 나한테도 기회를 주겠니? 너 늘 먹고 싶은 거 없다고 했잖아. 그런데 요즘은 생각나는 걸 말해 줘서 내가 얼마나 기뻤는데. 인터넷에서 레시피 찾으면 나도 할 수 있어!"

　　두 주먹을 불끈 쥐고 말하는데 더는 거절할 수 없었다. 내가 그랬나? 먹고 싶은 것도 말 안 하고 심드렁하게 굴었나? 나는 새엄마를 편하게 해 주려고 했는데, 새엄마에게는 그게 아니었던 모양이다.

새엄마는 순식간에 장을 봐 와서 물을 올렸다. 그리고 휴대폰을 들여다봤다. 레시피를 검색하는 것 같았다. 마침내 물이 끓자 그제야 새엄마는 허둥지둥 재료를 썰었다.

나는 거기까지만 보고 방으로 들어갔다. 염탐하는 기분이 들어서였다. 그리고 자동으로 우리 엄마가 떠올라서였다. 엄마는 평소에 요리책을 많이 읽고 혼자서도 연구를 해서인지 레시피에 연연하지 않았다. 계량도 마음대로, 순서도 마음대로였다. 자신만의 방식을 지키면서 새로운 시도도 두려워하지 않았다. 그러나 떡볶이를 끓일 때는 누가 뭐라고 해도 꼭 멸치 육수를 고집했다.

엄마 떡볶이는 정말 맛있었는데. 나는 맛의 추억에 잠겼다. 점점 엄마에 대한 기억은 희미해지는데, 신기하게도 그 맛은 혀끝에서 잊히지가 않았다.

"누나, 떡볶이 먹어!"

한참 뒤 형진이가 신이 나서 방으로 뛰어 들어왔다.

"진짜 떡볶이같이 생겼어!"

형진이는 엄마가 요리를 한다는 것 자체가 좋은 것 같았다. 정말 색깔도 새빨갛게 윤기가 도는 게 보기 좋았다.

"잘 먹겠습니다."

나는 떡을 집어서 입에 넣었다.

"음, 맛있어요."

맛이 예상보다 괜찮았다. 놀라웠다. 새엄마가 요리를 할 수 있다니! 물론 깊은 맛은 부족했다. 약간 아쉬운 맛. 그러나 '맛나분식'만큼의 맛은 났다.

"그래?"

새엄마 얼굴이 환해졌다. 무척 기쁜 것 같았다. 형진이도 맵다고 하면서 잘 먹었다. 엄마 최고라고 엄지손을 치켜들었다. 나야 그런 유치한 짓까지는 못 했어도 마음으로는 동의했다. 이 정도면 성공적이었으니까.

"레시피 그대로 하니까 나도 되는구나! 또 먹고 싶은 거 없니? 형진이 너는?"

새엄마가 박수까지 치며 기뻐했다. 그 순간 난 보고야 말았다. 손가락에 감긴 밴드들을. 손등도 검붉었다. 칼질에 서툰 새엄마는 재료를 손질하다가 칼에 베였고, 허둥대다가 뜨거운 물에 데기도 한 것이다. 그리고 보니 재료를 사 와 요리를 완성하기까지 두 시간이나 걸렸다. 이미 9시를 향해 가는 시곗바늘. 두 시간 동안의 고군분투 끝에 만들어 낸 떡볶이.

나에게는 두 가지 선택지가 있었다. 앞으로 요리는 하지 말라고, 지금처럼 반찬을 다 사 먹고 외식을 즐기자고 하기. 아니면 천진난만하게 먹고 싶은 걸 떠들기. 새엄마 몸을 편하게 하기 위해서는 전자가 맞겠지만, 마음을 편하게 하기 위해서는 후자가 맞았다. 내가 고민 중일 때 형진이가 말했다.

"엄마, 나 찹스테이크!"

"뭐? 그게 뭐지?"

새엄마는 찹스테이크가 뭔지도 몰랐다.

"나도 몰라. 그런데 지호가 자기 엄마가 찹스테이크 자주 해 준다고 그랬단 말이야."

"그, 그래?"

형진이의 난데없는 투정에 새엄마는 당황하며 휴대폰을 들었다. 나는 형진이 덕분에 적당히 대답할 말을 찾았다.

"저도 찹스테이크 좋아해요."

새엄마가 내 얼굴을 봤다. '친엄마가 그것도 잘해 주셨니?'라고 묻고 싶은 얼굴이었다. 그러나 묻지는 않았다.

방에 들어와서 침대에 앉았는데, 갑자기 불현듯 머리를 스치고 지나가는 생각이 있었다. 엄마가 떡볶이를 끓이던 모습과 새엄마가 떡볶이를 끓이던 모습. 다른 게 있었다.

"아, 그거야!"

하루 만에 풀었다. 스스로가 대견했다. 나는 답이 맞는지 확인하기 위해 내일은 새이와 '맛나분식'에 가야겠다고 생각했다.

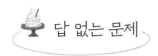 답 없는 문제

　새이는 고급 레스토랑에라도 들어선 것처럼 호들갑스럽게 주위를 둘러보았다.

　"오, 이곳이 너희의 역사적인 첫 데이트 장소구나."

　"야, 야, 제발. 아니라니까."

　"샘나서 그러는 거야. 널 빼앗긴 걸."

　나는 잠자코 주문한 떡볶이가 나오길 기다렸다. 다행인지 불행인지 새이는 금세 옆 중학교의 '얼굴 천재' 이야기로 넘어갔다. 요즘 급부상하는 우리 동네 라이징 스타인 모양인데 내가 모른다고 하니 새이는 정말 한심해했다.

　"정말 넌 나 아니었으면 어쩔 뻔했니? 새로운 '그'를 모르다니."

"그렇게 괜찮아?"

"얼굴이……. 아유, 진짜 설명이 안 되네. 200미터 밖에서도 빛이 나. 이거 봐 봐."

새이는 언제 찍었는지 그 남자애 사진을 내밀었다. 피부가 뽀얗고 이목구비가 귀여우면서도 전체적인 분위기는 멋있다는 생각이 드는 매력적인 아이였다.

"이제 이 아이로 정한 거야?"

나는 은근히 아이돌 미노를 떠올리며 물었다. 그 개싸가지 미노는 욕을 퍼 주기에도 아까운 녀석이었다.

"고민 중이야. 얼굴 천재에게 치명적인 단점이 있거든."

"뭔데?"

"공부 바보. 얘가 얼굴로는 전교 1등인데 성적은 그 반대야."

흐음. 나는 속으로 작게 신음 소리를 냈다. 새이는 태어나서 열여섯 살이 되는 지금까지 진짜 남자 친구가 있던 적이 한 번도 없었다. 날마다 입으로는 남성 편력을 드러냈지만 그게 실제 교제로 이어지는 일은 없었다. 눈이 지나치게 높다는 것도 문제였지만, 좋아하는 티만 내지 진짜 고백을 한 적은 없기 때문이다. 그러나 내가 남자였다면 새이가 고백하기 전에 내가 먼저 고백했을 것이다. 다들 새이의 진가를 몰라도 너무 모른다.

쓸데없는 생각을 하는 사이에 떡볶이가 나왔다. 나는 숟가락으로 국물부터 한입 떠서 먹었다. 과연. 내 생각이 맞았다.

"어떻게 레시피를 여쭈어 보나 했는데 이건 물어보나 마나 확실해."

새이가 감탄했다.

"역시 절대 미각 아름다운 밤 진아율이다. 난 여느 떡볶이랑 뭐가 다른지도 모르겠는데."

"빨리 먹어. 답안지 제출하러 가야 하니까."

새이는 대답 대신 입 모양으로 '오' 하는 표정을 짓더니 허겁지겁 튀김과 떡볶이를 먹어 치웠다. 나는 도저히 떡볶이가 넘어가지 않았다. 답을 안 이상 토요일까지 기다릴 자신이 없었다.

새이와 일찍 헤어지고 나서 무작정 구다진 아버지의 우동집으로 달려갔다. 구다진이 거기 있으리라 확신한 건 아니었다. 그런데 구다진은 거기 있었다.

"설마 나 보러 온 건 아니지?"

구다진은 물 한 잔을 내 앞에 내려놓으며 퉁명스럽게 말했다.

"답을 말해 주러 왔어."

구다진은 놀라는 기색 없이 다만 고개를 끄덕였다. 그러더니 서슴없이 앞치마를 풀었고 잘생긴 종업원에게 간다는 인사를 한 뒤 먼저 나갔다. 바쁠 때만 잠깐씩 일을 도와주는 모양이었다. 나는 물컵에 남은 물을 마시고 따라 나갔다.

우리는 공원으로 갔다. 떡볶이 문제를 주고받던 날 앉았던 그 벤치에 자리 잡았다.

"금방 알아냈네."

"쉬운 거니까. 정말 쉬웠어."

"그래?"

"답은 육수야. 국물에서 육수 맛이 안 나. 오늘 '맛나분식'에 가서 답이 맞나 확인하려고 했어. 그런데 국물을 다시 먹어 보니 물어보고 말고 할 것도 없이 맹물에 끓인 맛이었어. 깊은 국물 맛이 없어서 뭔가 부족하다고 느꼈던 거야."

구다진은 피식 웃었다. 나는 왜 웃는지 의아했다. 비웃는 느낌은 아니었지만 기분 좋은 웃음도 아니었다.

"보통 사람은 그런 거 잘 몰라. 사실 거기 떡볶이가 아쉽다고 말하는 건 너밖에 없을 거야."

"뭐? 넌 답이 뭐라고 생각하는데?"

"네가 육수라고 했으니까 육수겠지."

구다진은 말을 돌렸다.

"네 생각도 말해 줘."

구다진은 잠시 고민하는 눈치였다.

"난 몰라."

"모른다고?"

나는 이 아이가 나를 놀리는 것만 같았다. 왜 자기 의견은 말해 주지 않는 걸까? 답도 없는 시험 문제를 낸 것부터가 나를 갖고 논 거였다.

갑자기 화가 치밀어서 벌떡 일어섰다. 그러나 구다진이 내 팔을 잡았다.

"'블루 셰프 그랑프리' 알지? 지금 접수 중이야. 9월부터 예선, 본선 1차 2차 3차, 11월에 결선."

'블루 셰프 그랑프리'는 나름대로 우리나라에서 역사가 있는 유명한 대회이자 방송 프로그램이다. 만 20세 이하의 청소년만 참가할 수 있고 각국의 유명 셰프들이 직접 심사하며 결선에서는 멘토링 방식으로 셰프들이 결선 진출 팀들의 멘토로 활약한다. 워낙 재미있기 때문에 요리를 못하는 사람들도 즐겨 보곤 한다. 2년에 한 번 치러지는데 대회를 안 하는 작년에는 재작년 방송을 재방송해 주기도 했다.

갑자기 왜 그 프로그램 이야기를 하는지 이해할 수가 없었다.

"왜 내가 '블루 셰프 그랑프리' 일정을 알아야 하는데?"

"나가자."

"응? 뭐?"

나는 뒤늦게 구다진이 하는 말을 깨닫고 비명을 지를 뻔했다. 이 자식이 가끔 사이코패스 같긴 했는데, 그게 아니었다. 녀석은 그냥 사이코였다.

블루 셰프 그랑프리

구다진은 진심이었다. 표정 하나 변하지 않고 앉아 있었다.

이게 미쳤나?

나는 대놓고 말도 못 하고 혼자 속으로 구시렁거렸다.

"지금 나 미친놈이라고 생각하지?"

구다진은 독심술도 있는 게 분명했다.

"그, 그건 아닌데…… 같이 나갈 사람이 없어서 그래? 왜 나야?"

그러고 보니 구다진이 또래 남자애들처럼 친구들과 우르르 몰려다니는 걸 본 적이 없었다.

"……너라면 내가 할 수 있을 것 같아서 그래."

이해가 안 됐다. 내가 요리를 잘하는 것도 아니고 구다진과 친한 것도 아닌데. 이건 말도 안 된다.

나는 다시 벌떡 일어섰다. 구다진이 하는 수 없다는 듯이 깊은 한숨을 내쉬었다.

"나, 사실은…… 미맹이야. 그래서 맛을 봐줄 수 있는…… 미각이 살아 있는 사람이 필요해."

머리를 한 대 얻어맞은 기분이었다. 맛을 못 본다니. 그러고 보니 요리 실습 시간에는 맛을 본다며 괴식을 만들어 냈고, '맛나분식'에서는 튀김을 주로 먹었다.

"그래서 튀김만……."

"그래. 맛을 못 느껴도, 식감은 느낄 수 있으니까."

"어쩌다가?"

"그건 알 거 없고."

역시 구다진은 부탁을 하는 순간에도 말을 곱게 하거나 자세를 낮추지 않았다. 그런데도 왜 나는 이 어이없는 제안을 받아들이고 싶을까? 상식적으로 거절해야 옳다. 나는 정신을 차리고 최대한 정중하게 답했다.

"싫어. 미안하지만 안 할게."

"넌 맛만 보면 돼. 요리는 내가 해."

"내가 왜? 난 골치 아픈 건 딱 질색이야."

정말 그랬다. 요리 대회라는 건 상상해 본 적도 없었다. 서류를 접수하고, 연습하고, 구다진 잔소리를 들어 가며 음식을 맛볼 생각만 해도 아찔했다. 그리고 떠오른 건 내가 만든 떡볶이였다. 형편없는 요리밖에 못 하는 내가 대회에 나갈 자격은 없을 것 같았다.

나는 두말 않고 벤치를 떠났다. 구다진이 한 번쯤 불러 세울 줄 알았지만 아무 일도 없었다. 그러나 조금 뒤 메시지가 왔다.

✉ 생각할 시간을 줄게. 너도 사실은 하고 싶을 거야.

도대체 어떻게 내 번호를 알았지? 의아해하다가 곧 깨달았다. 우리 두 사람 사이에 누가 있음을. 새이는 구다진 번호를 지웠다고 했지만 구다진에게는 아직 새이 번호가 있으니깐.

굳이 생각해 보라 시키지 않아도 이미 내 머릿속에는 요리 대회에 대한 생각이 가득 차 있었다. 그러나 이건 구다진의 여자 친구가 되는 것보다 더 뜻밖인 일이었다. 요리에 부쩍 관심이 늘긴 했지만 요리 대회는 거부감부터 들었다. 대회에 나가는 아이들은 본격적으로 요리사를 꿈꾸는 아이들일 것이다. 엄마가 꿈꾸었던 것처럼. 나는 엄마와 달랐다.

답은 아무리 생각해도 '노'였다.

똑똑.

노크 소리에 반사적으로 시계를 봤다. 이 시각에 내 방을 노크

할 만한 사람은 새엄마뿐이었다. 형진이는 문을 벌컥 열고 들어와서야 뒤늦은 노크를 하는 애였다. 나는 문을 열었다. 새엄마가 난처한 얼굴로 서 있었다.

"저기, 아율아."

"무슨 일 있으세요?"

"사실…… 좀 이따 형진이 친구가 와."

형진이 친구가 오는 건 큰일이 아니었다. 종종 같은 아파트 단지의 친구들이 약속도 없이 우리 집 초인종을 누르곤 했다. 그러나 이번에는 좀 달랐다. 형진이가 '우리 집에 찹스테이크를 먹으러 오라.'고 초대를 한 것이다.

"너, 왜 그런 쓸데없는 말을 했어?"

"지호가 자꾸 자기 엄마 찹스테이크가 엄청 맛있다고 하잖아!"

형진이는 울음을 터뜨렸다. 점점 덩치가 커지고 있지만 아직 애였다. 새엄마는 아들의 소원을 들어주고자 비장한 각오로 고기와 재료를 사 왔고, 인터넷에서 검색한 레시피를 보고도 쩔쩔매다가 나에게 도움을 청한 거였다.

"고기 밑간은 벌써 해 놨는데, 채소도 썰고 소스도 만들어야 해서……."

나는 두말없이 칼을 잡고 파프리카를 썰기 시작했다. 세로로 반을 갈라 꼭지와 씨를 제거하고 썰기만 하면 됐다. 따로 배우지 않아도 이렇게 쉬운 걸……. 아니다. 옛날에 엄마가 파프리카를 썰던 모습을 본 적이 있었다. 나는 눈으로 보고 배운 것이다. 갑자기 눈물이 날 것 같았다. 내가 맛을 잘 보고 서툰 솜씨라도 요리를 할 수 있는 건 엄마의 영향이었다. 엄마가 나를 버렸다는 걸 아무렇지도 않게 받아들이려고 노력했다. 한번 비참해져 버리면 계속 비참할 것만 같았다. 그런데 요즘 유난히 엄마의 음식이, 엄마가 그리워졌다. 내가 요리를 시작해서인지도 몰랐다. 내 손에서 엄마의 손을 느낀다는 건 잔인한 일이었다. 그게 싫었다.

"죄송해요. 약속이 있는 걸 깜박해서."

나는 새엄마에게 대충 둘러대고 집을 나왔다. 아무데도 갈 수가 없었다. 갈 곳이 없었다. 골목길을 마냥 발길 닿는 대로 걸었다. 어느새 '프랑스 우동 가게' 앞을 지나게 되었다. 안에는 잘생긴 종업원만 있었고 구다진은 보이지 않았다. 손님도 없었다. 무작정 안으로 들어갔다. 허기가 졌다. 배고프다기보다는 몸속이 허했다. 텅 비어 버린 것 같았다.

"한국 우동, 아니 프랑스 우동이요."

종업원은 잠깐 내 얼굴을 바라보더니 물병과 얼음을 잔뜩 넣은 컵을 가져왔다.

"웬 얼음……."

"속 시끄러울 때는 시원한 게 최고거든요."

그렇게만 말하고 종업원은 자리를 피했다. 안으로 들어가 나오지 않았다. 홀에는 빈 테이블들과 함께 나만 남았다. 나는 얼음물을 들이켜고 테이블에 얼굴을 파묻었다. 차라리 엄마가 죽은 거라면 내 기분이 나을까?

꾹꾹 눌러 담고 있다가 뒤늦게 상처 받고 있었다. 겉은 멀쩡한데 속은 곪혀 피가 나고 있었다. 얼음물 때문인지 상처가 잠시 쓰라리다가 마비되듯 통증이 나아지는 것도 같았다. 나는 한 번도 내 상처를 들여다본 적이 없었다. 그런데 요즘 보고 싶어졌다. 얼마나 곪고 썩어 문드러졌는지.

나는 '블루 셰프 그랑프리'를 검색해 보았다.

2년에 한번 돌아오는 '블루 셰프 그랑프리'가 다시 시작된다. 이번 대회 역시 각국의 유명 셰프들이 심사 위원으로 참여하게 된다. 특히 결선에 오른 여섯 팀의 멘토로 활약할 셰프들이 누구일지 관심이 집중되고 있는 가운데, 그중 한 명이 한국 출신 프렌치 레스토랑 셰프라는 사실이 밝혀져 귀추가 주목되고 있다. 조에 박 셰프는 뛰어난 재능으로 늦은 나이에 들어간 요리 학교를 단기로 졸업, 미슐랭 3스타 레스토랑에 스카웃되어 일했으며 지금은 파리에서 레스토랑을 운영하고 있다.

기사 사진에는 요리사 복장을 한 여성이 다른 외국인 셰프들과 환하게 웃고 있었다. 나는 손이 떨리기 시작했다. 손가락에서 힘이 빠져 도저히 컵을 들고 있을 수가 없었다.

"괜찮아요?"

종업원이 주문한 우동을 들고 내 곁에 서서 안절부절못했다. 때마침 휴대폰이 울렸다. 형진이었다. 형진이는 울고 있었다.

"누나, 큰일 났어. 엄마가, 엄마가, 나 때문에…… 구급차에 실려 갔어."

응급실로 뛰었다. 병원은 '프랑스 우동 가게'에서 멀지 않았다. 나는 아빠와 거의 동시에 도착했다. 형진이는 의자에 앉아 울고 있었다.

"엄마는? 엄마는?"

아빠가 정신없이 형진이를 흔들었다. 형진이가 처치실을 가리켰다. 아까 전화를 받고 여기 오기까지 10분쯤밖에 안 지난 것 같았다.

"엄마가 어딜 다쳤는데?"

나와 아빠가 물어봤지만 형진이는 대답도 못 하고 아기처럼 울며 안길 뿐이었다. 열한 살인 아이로 보이지 않았다. 처음 보았던 여덟 살 때도 이러지는 않았다. 아빠는 형진이를 토닥여 주다가 무슨 일인지 알아보겠다고 담당자를 찾으러 갔다. 아빠가 가자 그제야 형진이는 진정이 되었는지 울음을 삼켰다.

"어떻게 된 거야?"

형진이 옆에서 오랜 침묵으로 기다린 끝에 물어보았다. 저쪽에서 아빠가 의사로 보이는 사람과 이야기를 나누는 게 보였다.

형진이가 더듬더듬 입을 열었다.

"소스를 만든다고 했는데…… 갑자기 냄비에서 소스가 솟아올라 엄마에게 튀었어."

"뭐? 불 줄이고 계속 저었어야 하는데……. 그럼 화상이야?"

"아니. 엄마가 놀라서 팔을 휘저으면서 피하다가 식칼이……."

그때 기억이 다시 떠오르는지 형진이가 다시 울음을 터뜨렸다. 그때 아빠가 돌아와 상황을 마저 설명했다.

식칼이 발로 떨어졌다고 했다. 식칼은 발가락과 발등에 예리한 상처를 냈고 새엄마는 스무 바늘이나 꿰맸다.

"발가락이 안 잘린 게 다행이래."

아빠가 씁쓸한 표정을 지었다. 요리를 해 달라고 말한 형진이를 탓할 수도, 요리를 했던 새엄마를 탓할 수도 없었다. 그러나 나는 누구를 탓해야 하는지 잘 알았다. 파프리카를 썰다가 도마 위에 그대로 식칼을 두고 나온 건 나였다. 내가 집에서 요리를 계속 도왔으면 이런 일은 벌어지지 않았을 것이다.

그러니까 이 모든 사달은 나 때문이었다. 그러나 나는 차마 아빠와 형진이에게 그 말을 할 수가 없었다.

조금 뒤 링거를 맞으며 자고 있는 새엄마를 보러 갔다. 가슴이 무너질 것 같았다. 이미 내 가슴에는 쩍쩍 균열이 일어나고 있었다. 아까 엄마 사진이 나온 기사를 발견했을 때부터 시작된 실금이었다. 아주 가는 실금이 점점 위로 뻗어 나가 심장을 위로 아래로 옆으로 가르고 있었다. 이러다가는 완전히 가루가 될 것만 같았다.

"엄마는 좀 자게 두자."

아빠가 커튼을 다시 쳤다. 형진이는 다시 훌쩍대기 시작했다.

"야, 진형진."

"……왜?"

"너, 이름을 거꾸로 해도 진형진이라서 좋다며?"

"응, 그런데 그 이야기를 왜 해?"

"초콜릿 안 먹고 싶냐?"

"웬 초콜……."

"이리 와. 이 누나가 사 줄 테니까."

나는 억지로 형진이를 끌고 병원 매점으로 갔다. 그리고 평소에 형진이가 좋아하지만 새엄마는 잘 안 사 주는 초콜릿과 젤리 등을 잔뜩 샀다.

"다 먹어."

"왜?"

"단걸 먹으면 기분이 좋아진대."

"……기분 좋아지고 싶지 않아."

형진이 눈가에 다시 눈물이 맺혔다. 내 기분은 더 가라앉았다. 사실 내가 형진이에게 초콜릿을 사 준 건 내 기분이 나아지고 싶어서였다. 이렇게라도 죄책감을 덜고 싶었다.

"네 엄마는 좋은 사람이야."

나는 먼 곳을 보며 말했다. 형진이는 고개를 저었다.

"아니야."

"왜? 넌 엄마가 안 좋은 사람이라고 생각해?"

"아니, 그게 아니라 누나 말이 틀려서. 내 엄마기도 하지만 누나 엄마기도 해. 우리 엄마라고 해야지."

나는 한 대 맞은 기분이었다. 형진이 말이 옳았다. 어리다고 생각했는데 아니었다. 어린 건 나였다. 언제까지 엄마 자리를 빈자리로 남겨 놓을 생각이었을까? 새엄마를 절대로 받아들이지 않겠다고 철벽을 치고 있는 건 나였다. 친엄마는 날 버리고 자기가 하고 싶던 일로 성공했는데.

솔직히 엄마가 성공해서 다행이었다. 사진을 본 순간 느낀 수많은 감정 중 가장 먼저는 '다행이다, 잘됐다.'였다. 그러나 가장 비중이 큰 감정은 배신감이었다. 엄마는 죽지 않았다. 비참하게 살아서 날 찾아오지 못하는 게 아니었다. 성공했는데도 나를 찾아오지 않았다. 떠난 건 백번 양보해서 이해할 수 있었다. 어쩔 수 없이 불에 뛰어드는 나방처럼 꿈을 위해서 갈 수밖에 없었다고 생각해 줄 수 있었다. 연락 한 번 없었던 것도 꿈을 위해 마음을 다잡고 냉정하게 앞으로 나아갔다고 생각할 수 있었다. 그러나 꿈을 어느 정도 이루었는데도 나를 보러 오지 않은 건 이해가 안 됐다. 자기 레스토랑을 열었는데도, 소식 한 번 전할 수 없었을까? 내가 그렇게 귀찮고 잊어버리고 싶은 존재인 걸까?

조에 박.

기사에서 본 엄마의 프랑스 이름이었다. 한국 이름은 박주애.
프랑스 이름이랑 비슷했다. 하지만 서로 딴사람이기라도 한 듯 이
상한 느낌이 들었다. 나는 엄마 생각을 안 하는 게 복수하는 길이
라고 생각했지만, 어느새 인터넷 검색창에 엄마 이름을 입력해 보
고 있었다.

엄마는 지금까지 우리나라에는 잘 알려지지 않은 현지화된 셰
프였다. 가게 이름은 '라 벨 뉘(La belle nuit)'. 뜻은 몰랐지만 어디
서 많이 들어 본 듯한 익숙한 이름이었다. 관광객들이 몰리는 집
은 아니고 파리에 사는 사람들 사이에서 인기 좋은 곳이라고 했
다. 이른바 로컬 맛집인 셈이다. 이번에 스승인 장 셰프의 추천으
로 '블루 셰프 그랑프리'의 심사 위원 및 멘토 중 한 명이 되면서 한
국의 주목을 받기 시작한 듯했다. 인터넷에 있는 사진은 그때 내
가 본 기사에 난 것이 다였다. 나는 그 사진을 보고 또 보았다. 기
사를 캡처해서 저장까지 했다.

아무리 봐도 엄마가 맞았다. 그런데 교묘하게 달랐다. 내 기억
이 퇴색된 건지, 제멋대로 재창조되어 다른 엄마를 기억하고 있는
건지, 아니면 세월이 엄마를 다른 사람으로 만든 건지도 몰랐다.

주방에서 요리를 하다가 나를 돌아보던 엄마의 얼굴.

'아율이 왔니? 이거 한번 먹어 볼래?'

내가 학교에서 돌아온 걸 진심으로 기뻐하며 말하던 엄마. 그러고 보니 엄마는 늘 요리를 하고 있었다. 그때는 나에게 맛있는 간식을 주기 위해 그랬다고 생각했지만 지금 생각해 보니 아니었는지도 모르겠다. 엄마는 그저 요리를 하고 싶어서 했던 것 같다. 날마다 다른 음식에 도전했고 모두 훌륭히 해냈으며 나는 그 음식을 해치웠다. 그리고 엄마의 요리 실력이 늘어 갈수록 내 입맛도 까다로워졌다.

나는 누구에게도 이 엄청난 뉴스를 전할 수가 없었다. 심지어 새이에게도. 다른 사람의 일이었다면 당장 전화를 걸어 떠들었을 것이다. 아빠에게는 말해야 하지 않을까 하는 생각이 들었지만 아빠는 다친 새엄마와 함께 있었다. 적어도 오늘은 종일 그럴 것 같았다. 어쩌면 내가 굳이 소식을 전하지 않아도 아빠는 이미 알고 있으리라는 생각도 들었다.

불현듯 예전 일이 떠올랐다. 엄마의 생일이었다. 아빠는 갑자기 출장을 가야 한다며 집에 오지 않았고 엄마는 둘이 집에서 맛있는 걸 해 먹자고 했다. 냉장고를 연 채로 서서 잠시 고민하던 엄마는 정육점에 다녀오겠다고 했다. 안 그래도 냉장고에 갖가지 재료가 가득한데 고기를 사러 간다는 엄마가 이해가 되지 않았다.

"그냥 오므라이스 해 주면 안 돼?"

여덟 살인 나는 그렇게 말했다.

"스테이크 먹자. 맛있게 구울 자신 있어."

"에이, 난 오므라이스가 더 좋은데…….."

평소 말투 그대로였다. 별말도 아니었다. 그러나 엄마는 갑자기 불같이 화를 냈다. 스테이크를 만들고 싶으니까 스테이크를 먹으라고 했다. 평소 엄마와 너무나 달랐다. 나는 울음을 터뜨렸지만 엄마는 뒤도 안 돌아보고 정육점으로 갔다.

당시 나는, 엄마가 스테이크가 무척이나 먹고 싶어서 그랬다고 생각했다. 그런데 지금 생각하니 그때부터 시작이었던 것 같다. 우리 가족이 삐걱대기 시작한 것이. 아빠가 엄마 생일을 잊었든 아니든 분명한 건 그날, 끝내 집에 안 들어왔다는 사실이다. 그날의 그 눈물 젖은 스테이크는 기가 막힐 정도로 맛있었다. 오므라이스보다 훨씬 더.

무음으로 해 둔 휴대폰에 불이 반짝 들어왔다.

✉ 쓰지 않는 재능은 있으나 마나야. 너를 보다 유용하게 쓸 생각을 해.

구다진이었다. 생각보다 구질구질한 녀석이었다.

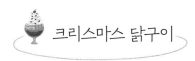 크리스마스 닭구이

구다진을 모른 척했다.

나는 그 문제가 아니라도 충분히 혼란스러웠다. 엄마의 생일 스테이크는 중요한 단서였다. 다정한 아빠가 기념일을 챙기지 않았다는 건 엄청난 사건이었다. 앞서 그와 관련된 다른 일이 분명 있었을 텐데 도저히 생각나지 않았다. 출장을 다녀온 아빠가 뭐라고 했는지도 모르겠다. 여덟 살의 내가 별거 아니라고 생각했던 하루하루가 퍼즐 조각이 되어 널려 있었으나, 한 조각만 빼고는 모두 뒤집혀 있어서 맞출 수가 없었다.

그때는 몰랐지만 지금은 안다는 말이 있던가? 나는 그때도 몰랐고 지금도 몰랐다. 냉장고 문을 열고 안을 멍하니 바라보던 엄마 눈에 눈물이 맺혔다는 건 저장된 기억인지 내가 새로 첨가한 기억인지 헷갈렸다.

학교가 끝난 뒤 아빠가 일하는 구청으로 갈지 말지 고민하다가 그냥 집으로 발길을 돌렸다. 구청에 아빠를 만나러 가 본 적은 없었다. 어쩐지 누구 딸이라고 소개되는 게 부끄러웠다. 아빠는 선량하고 성실한 천생 공무원이었고, 친절한 사람으로 평가되고 있었다. 내가 그 딸이라는 걸 알게 되는 순간 모두의 시선이 나를 평가하려고 들 것 같았다.

터벅터벅 걷다 보니 '프랑스 우동 가게'가 보였다. 순간 내가 주문만 하고 계산하지 않은 우동이 생각났다.

문을 밀고 들어갔다. 안에는 여자 손님 두 명이 마주 앉아 맛있게 우동을 먹고 있었다. 그런데 왜일까……? 처음 온 가게도 아닌데 뭔가가 어색했다.

잘생긴 종업원이 나를 보고 눈인사를 하자 뒤늦게 무엇이 달라졌는지 떠올랐다. 문을 열었을 때 으레 들리곤 하던 종소리가 들리지 않았다.

"좋은요?"

"다진 군이 가져갔습니다."

"예?"

종업원은 있는 그대로 말한 것일 텐데 굉장히 이상했다. 나는 그런 말도 안 되는 이야기를 왜 하느냐는 듯이 따지는 억양으로 되묻고 말았다.

"저도 이유는 모르는데, 그냥 가져갔습니다."

"이상하네요."

"이상하죠?"

대화를 나누고 있다 보니 모든 게 이상하게 생각됐다. 나만 모르는 비밀이 이 세상 곳곳에 숨어 있는 게 확실했다.

"주방에…… 구다진 아버지가 계신 거죠?"

나는 한 번도 보지 못한 구다진 아버지를 의심했다. 종업원은 마치 확인하려는 듯이 주방 쪽을 바라봤다. 그때 두 여자 손님이 가방을 들고 일어섰다. 종업원은 서둘러 카운터 쪽으로 가서 그들의 음식 값을 계산해 주었다.

그들이 가게를 나가자 종업원이 다시 나에게 되돌아왔다.

"오늘은 드시고 가나요?"

"아, 그때는 죄송했어요. 어쩌다 보니 그렇게 되어서……. 오늘은 음식 값을 지불하러 온 거예요."

"아닙니다. 그 우동은 제가 저녁 식사로 맛있게 먹었어요."

"그래도……."

종업원은 한사코 돈을 받지 않았다. 정말 고마웠다. 돈을 받지 않아서가 아니라 누군가와 대화를 할 수 있다는 게. 어느새 마음이 좀 나아졌다.

"그럼 다음에는 친구랑 먹으러 올게요."

"네, 그러세요. 조심히 들어가십시오."

종업원이 꾸벅 인사했다. 나가기 위해 문을 열었지만 울리지 않는 종소리가 어색하기만 했다. 내가 진짜 문을 열었는지 의심하게 만들었다. 내 뒤통수에 대고 종업원이 말했다.

"참, 셰프는 주방에 계십니다. 진짜예요."

'진짜예요.'라니……. 나는 종업원의 말을 곱씹으며 집으로 걸어갔다. 구다진의 아버지는 주방에 몸을 숨기고 우동을 만들고 있다. 그리고 구다진은 가게의 종을 떼어 갔다. 우리 아빠는 수년 전 엄마의 생일에 출장을 갔고 엄마는 냉장고 문을 열고 서서 울고 있었다. 모두 어떤 연관이라도 있을 것만 같다. 물론 아니지만. 어느 것은 연관이 있고 어느 것은 없다.

무심코 엘리베이터를 타고 집으로 올라가다가 번뜩 정신이 들었다. 그대로 다시 1층 버튼을 눌렀다. 아빠를 빼돌려야 했다. 새엄마에게는 미안하지만 우리는 둘만의 시간이 필요했다. 그러나 내가 물어볼 수 있을까? 기억 속 그날의 출장에 대해 묻는 걸로 시작해야 할까? 엄마의 레스토랑을 아느냐고 물을까? 그나저나 익숙하다. 벨 뉘……. 그게 뭐였지?

혼란스러웠다. 갑자기 엄마가 날 버린 것에 대한 책임을 아빠에게 전가하고 있었다. 이 모든 일을 누군가의 탓으로 돌려 이해하고 싶은 듯했다. 나는 무엇을 알고 싶은 건가? 진실을 알고 싶은 건가, 진실을 왜곡하고 싶은 건가?

아빠를 기다리며 1층 현관 앞을 서성이는데 누군가 쓱 다가왔다. 해가 져서 어두웠기에 순간 방어의 일환으로 뒤로 물러섰다.

"나다."

놀랍게도 구다진이었다.

"응?"

구다진이 우리 집을 알다니.

"누가 알려 줬어."

구다진은 내 속마음을 꿰뚫고 있다는 듯 대답했다. 새이에게 따질 게 하나 더 추가되었다.

"이거."

구다진이 쇼핑백을 내밀었다. 꽤나 묵직한 그 가방 안에는 커다란 밀폐 용기가 들어 있었다.

"뭐야?"

"맛보고 피드백 좀 부탁해. 이 정도는 해 줄 수 있잖아?"

또 저 건방진 말투……. 쇼핑백도 툭 던지듯 안겨 주고 떠났다. 아직 음식이 따끈했다. 따스함이 온몸에 퍼지면서 급속도로 피로해졌다. 졸음이 밀려왔다. 나는 다시 엘리베이터를 타고 집으로 올라갔다.

"왜 이렇게 늦었어? 막 전화하려던 참이야."

발에 붕대를 감은 새엄마가 절룩거리며 나왔다. 아빠와 형진이는 식탁에 앉아 치킨을 먹고 있었다.

"아빠, 언제 들어왔어?"

"엄마도 아프고 해서 오늘은 좀 일찍 들어왔어. 너 기다리다가 형진이가 배고프다고 해서 조금 전에 시킨 거야. 아직 따뜻해. 얼른 먹어."

물론 난 아빠와 마주 앉아 치킨을 먹을 기분이 아니었다.

"누나, 이거 새로 나온 양파 마늘 치킨인데 되게 맛있다. 어? 그런데 그게 뭐야? 누나 쇼핑했어?"

형진이가 닭다리를 휘둘러 내가 든 쇼핑백을 가리켰다.

"저녁은 됐어."

나는 쇼핑백을 들고 방으로 들어와 문을 닫았다. 쇼핑백에서 치킨 냄새가 났다. 그러나 그냥 치킨보다는 뭔가 더 고소한 향이었다. 밀폐 용기 뚜껑을 열자 정체불명의 초록색 덩어리가 나왔다. 닭은 온통 딱딱한 초록 갑옷에 둘러싸여 있었다. 냄새가 나지 않았다면 닭 요리라는 것도 몰랐을 것이다.

겉모습은 괴식이 따로 없었으나 냄새는 좋았다. 나는 내 코를 믿기로 했다. 방에 혼자 들어와 몰래 시식할 내 사정을 짐작했던 것인지 안에는 일회용 숟가락과 포크, 나이프까지 다 들어 있었다. 플라스틱 나이프인지라 조금 힘을 주어야 했지만 닭의 갑옷을 가르는 건 생각보다 어렵지 않았다. 잘 익은 수박이 갈라지듯 조금의 틈을 기점으로 쫙 갈라졌다.

과연 안에는 잘 구워져 윤기가 흐르는 촉촉한 닭이 들어 있었다. 초록 갑옷의 정체는 브로콜리를 갈아 넣어 색을 낸 잡곡? 아니 오트밀에 가까웠다. 올리브 오일과 허브, 그리고 소금에 재운 닭. 거기에 오트밀 반죽을 발라 오븐에 구운 것 같았다. 해 본 적은 없지만 그런 레시피가 연상되었다. 닭고기는 부드러웠고, 이동 시간이 있는데도 불구하고 막 만든 것처럼 따끈따끈했다. 아마 갑옷 역할을 한 오트밀 막이 열감이 빠져나가는 것을 막아 보온 효과를 낸 것 아닐까.

"누나, 뭐 해?"

역시나 진형진. 또 노크도 없이 내 방에 쳐들어왔다. 아니나 다를까, 내 책상 위의 닭을 보고 놀라 입을 벌렸다.

"쉿!"

"뭐, 뭔데?"

"친구가 개발한 요리야. 맛봐 달라고 해서 가져온 거야."

나는 서둘러 설명하고 닭다리 하나를 뜯어 형진이 입에 안겨 주었다.

"우아, 맛있다."

형진이가 순식간에 닭다리를 먹고 닭 몸통을 공격하기 시작했다. 조금 전에 치킨 다리를 뜯던 건 잊은 모양이었다. 어쨌든 덕분에 구다진의 요리를 남겨 버리는 일은 없을 것 같았다. 어차피 나 혼자 다 먹을 양도 아니었고.

"그런데 이건 요리 이름이 뭐래?"

"글쎄?"

"푸르스름한 치킨?"

"설마. 그냥 오트밀 닭구이겠지."

그리고 보니 요리명이 궁금했다. 구다진에게 메시지를 보내 요리 이름을 물었다. 답을 기다리는 동안 고기를 한입 더 오물거리며 요리에 대해 생각했다.

그때 형진이가 무언가를 발견했다.

"누나, 닭 배 속에 뭐가 있어."

"삼계탕처럼 뭘 넣었나?"

꺼내 보니 종이었다. '프랑스 우동 가게' 문에 붙어 있던 그 종.

"왜 이게 여기에……."

마침 구다진의 답이 도착했다.

✉ 크리스마스 닭구이. 크리스마스트리를 형상화한 거야.

나는 종과 푸른 옷을 입은 닭을 번갈아 보았다. 그리고 구다진이 사이코패스는 아닐지 몰라도, 생각보다 기묘한 정신세계를 가진 녀석이라는 것을 깨달았다.

 나만의 김치

왜 그랬을까? 나는 '블루 셰프 그랑프리'에 도전하자고 구다진
에게 메시지를 보냈다. 괴상망측한 닭 요리를 가만히 보고 있노라
니, 오히려 나는 구다진이 엄청나게 진지하다는 걸 알게 되었다.
닭은 우스꽝스럽고 괴기스럽기까지 했지만, 거기에서는 어떤 가
벼움도 찾아볼 수 없었다. 구다진이 심각한 얼굴로 심혈을 기울여
요리한 것이라는 확신이 들었다. 그러자 나도 미치도록 요리가 하
고 싶어졌다.

"어땠어?"

우리는 그때 그 벤치에서 만났다. 내가 '프랑스 우동 가게'로 가
겠다고 하니, 구다진은 한사코 공원 벤치를 고집했다.

"크리스마스 닭구이의 맛?"

"그래, 내가 그거 아니면 뭘 물어보겠어?"

말 한 마디도 곱게 안 했다.

"전체적으로 맛이 있긴 했는데, 짠 곳도 있고 싱거운 곳도 있었어. 묘하게 부위마다 맛과 향이 달랐거든. 아, 형진이는, 그러니까 내 동생은 맛있게 먹었어."

"그 녀석, 웬만하면 다 맛있다고 하는 놈이지?"

"어, 어떻게 알았어?"

구다진은 무표정한 얼굴로 먼 하늘을 보고 있다가 말했다.

"마리네이드가 고르게 안 된 것 같다. 그 부분 수정할게."

"마리네이드?"

구다진은 그게 뭔지 설명해 주지 않았다. 엄마의 구식 요리책에는 나오지 않는 용어였다. 조금 분했지만 구다진이 생각에 잠겨 있는 것 같아서 넘어가 주기로 했다. 또 먼 하늘을 보고 있었다.

"일단 대회 나가겠다고 생각한 건 잘했어. 그런데 너랑 나랑 대회 나가는 거 비밀이다. 알았지? 우리 가게 켄 형은 알고 있기는 한데 가게에서 말하면 안 돼. 아버지가 들으면 안 되니까."

순간 소름이 돋았다.

"혹시 홀에서 하는 말이 주방에도 다 들리는 거야?"

"들리지. 교묘한 구조 때문에 눈에 보이지만 않을 뿐이지, 주방이 문도 없이 벽 하나로 가려진 구조라 꽤나 가깝거든."

머리가 멍해졌다. 켄이라고 하는 그 잘생긴 종업원에게 한 말을 구다진 아버지가 다 들은 것이다. 내가 무슨 말을 했는지 기억을 더듬어 봤지만 생각이 잘 나지 않았다.

"접수하고 과제 나오면 연락할게. 그럼 이만."

구다진이 일어섰다. 끝까지 고맙다는 말은 없었다. 고마워하는 기색도 아니었다. 저와 함께할 영광스러운 기회를 잡았으니, 고마워해야 하는 건 내 쪽이라고 생각하는 것 같았다. 심술이 났다. 처음부터 구다진의 감사 인사를 받을 생각은 아니었지만 그냥 그랬다.

"그런데 너, 설마 종을 배 속에 넣고 브로콜리로 색을 낸 게 기발한 아이디어라고 생각하는 건 아니겠지?"

나는 가려던 구다진을 잡아 세웠다. 구다진이 눈을 치켜뜰 줄 알았는데 의외로 동그랗게 뜨고 나를 바라봤다.

"아니야? 별로였단 말이지?"

"그래, 좀…… 유치했어."

구다진이 움찔했다. 적잖이 충격을 받은 모양이었다.

"그래."

그렇게만 말하고 자리를 떠났다. 뒷모습이 당황했다고 말하는 것 같았다. 괜한 말을 한 건 아닌지 염려되었지만 확실히 이상한 아이디어였다. 대회에 나가서 망신을 당하느니, 파트너에게 먼저 지적당하는 게 낫지 않을까?

"파트너?"

평소 좀처럼 쓰지 않는 말이어서인지 어쩐지 부끄럽고 간질간질했다. 내가 구다진의 파트너가 되다니.

집으로 돌아가는 길에 '프랑스 우동 가게'에 들렀다. 문에는 여전히 종이 없었다. 나는 가장 구석진 자리로 가서 잘생긴 종업원을 노려보았다. 홀에서 하는 이야기가 안까지 다 들린다는 걸 귀띔해 주었으면 좋았을걸.

"오빠 이름이 켄이에요? 왜요?"

종업원 켄이 움찔했다.

"왜라니요?"

"이름이 아이돌 같아서요."

"그럼 아율 양은 왜 진아율입니까?"

내 이름을 알다니 의외였다. 나는 놀란 얼굴로 그를 바라봤다.

"다진 군이 자주 이야기해서 알고 있었습니다."

켄이 내 속을 읽고 답해 주었다. 구다진이 내 이야기를 자주 하다니 놀라웠다. 나는 놀라움을 감추고 프랑스 우동을 시켰다. 켄이 주방으로 가서 주문을 전달하자 이어서 다른 손님이 왔다. 주문을 받고 또 주문을 전달하고 세 차례 정도 그 일을 하자 내 우동이 나왔다.

"우동 나왔습니다."

켄이 내 테이블로 김이 모락모락 나는 우동을 가져다주었다.

저번에 느꼈던 맛이 떠올라 입 안에 침이 고였다.

"참, 이거요."

나는 닭 배 속에서 꺼내어 깨끗이 씻어 말린 종을 내밀었다. 켄은 종을 손에 들고 가만히 바라보았다. 오래된 유물을 뜬금없이 냉장고 안에서 발견한 것 같은 얼굴이었다. 나는 굳이 구다진이 닭 배 속에 넣었던 거라고 말하지 않았다.

"다시 찾게 되어 좋네요. 저는 일본인입니다."

켄은 그렇게만 말하고 다시 주방으로 갔다. 일본인? 그래서 이름이 켄? 말투가 조금 딱딱하게 느껴졌던 게 외국인이어서였던가. 나는 직접 대화해 본 일본인이 없었기에 누구와도 비교해 볼 수가 없었다. 게다가 한국어를 너무 잘했다. 일본어로 말하는 모습을 봐야 실감이 날 것 같았다.

켄이 팔을 뻗어 문에 종을 다는 걸 보자 정신이 번쩍 들었다.

아차, 우동.

내 우동은 국물이 벌써 식어 있었다. 뜨거울 때 후후 불어 식혀 가며 먹는 맛은 이미 놓쳐 버린 것이다. 그러나 면은 달랐다. 방금 나온 면처럼 쫄깃했다. 약속 시간에 늦은 나를 유일하게 기다려 준 친구같이 반갑게. 국물이 식어 버린 건 큰 문제가 아니었다. 국물을 머금으면서도 쫄깃한 면이 내 입을 행복하게 만들어 주었다. 나는 금세 기분이 좋아졌다. 맛있는 음식은 행복을 불러온다.

아……

나는 젓가락을 탁 내려놨다.

맛있는 음식은 행복을 불러온다는 말은 우리 엄마가 해 준 말이었다. 그게 떠오르자 언제 맛있게 식사했냐는 듯이 입맛이 달아나 버렸다. 우동은 반쯤 남아 있었지만 나는 자리를 일어섰다.

켄이 내 우동을 힐끗 봤지만 담담히 계산해 주었다.

"안녕히 계세요."

문을 밀자 딸랑 소리가 기분 좋게 들려왔다. 그래, 종소리가 있으니 허전하지 않았다. 구다진의 몹쓸 아이디어 때문에 하마터면 가게가 종소리를 잃을 뻔했다.

예선 주제는 김치였다. 김치라니, 쉽고도 어려운 주제였다.

나는 혼자 주방으로 갔다. 오늘은 내가 저녁 식사를 차리기로 한 날이었다. 하지만 김치 생각 때문에 요리를 제대로 할 수가 없었다. 참치 김치찌개에는 고춧가루가 너무 많이 들어가 버렸다. 생선은 굽다가 한쪽 면이 타 버렸다. 내가 차린 저녁 식사는 형편 없었다. 형진이는 김치찌개를 한 술 뜨다가 맵다고 물을 찾았다.

"누나, 나 매운 거 못 먹어서 김치도 잘 안 먹는 거 몰라? 참치만 겨우 건져 먹는데! 으악, 이건 도저히."

형진이는 아빠가 급히 만든 달걀부침에 밥을 먹었다. 상황이 이렇게 되자 새엄마는 엄청나게 미안한 얼굴이었다. 그러나 배달 음식을 시키거나 반찬 가게 음식을 사 오는 대신 직접 상을 차리겠다고 한 건 바로 나였다.

　요리 대회에 괜히 나가겠다고 했나? 주제를 듣고도 바로 아이디어가 떠오르지 않자 답답했다. 갑자기 나타난 엄마와 엄마가 관련된 요리 대회. 그걸 알면서도 발을 뺄 수 없는, 아니 빼기 싫은 나. 오래전 엄마가 만들어 놓은 빅 피처 안에 들어와 버린 것만 같았다. 벗어날 수 없는 내가 싫었다.

　✉ 예선 주제, 사이트 공지에서 봤지?

　자려고 누웠는데 메시지가 왔다. 구다진도 걱정이 되는 모양이었다. 괜한 요리 대회 때문에 형진이는 김치찌개를 못 먹게 되었다. 김치는 싫지만 김치찌개는 먹고 싶은 바보 진형진.
　"아!"
　아이디어라는 것은 갑자기 이렇게 번쩍 떠오르는 모양이다. '나만의 김치'라는 주제에 맞는 김치가 생각났다.
　형진이가 김치를 잘 못 먹어서 참치만 먹었던 것처럼 나도 딱 그랬다. 김치가 매워서 김치에 들어간 당근만 빼서 먹었다. 이상하게 배추보다는 당근이 훨씬 덜 매웠다. 엄마는 안 매운 김치를 따로 담가 주겠다고 했지만 나도 자존심이라는 게 있었다. 굳이 엄마 아빠와 같은 김치를 먹겠다며 당근만 쏙쏙 빼 먹었다.

✉ 당근 김치 어때?

배추 대신, 조연이던 당근이 주연이 되는 김치. 내 머릿속에는 빠르게 그림이 그려졌다. 당근이라고 김치가 되지 못할 이유가 없었다.

✉ 내일 두시에 벤치에서 만나.

구다진이 즉각 답장을 보냈다. 내 아이디어를 받아들인 것 같아서 기분이 좋아졌다. 기분이 좋았다가 나빴다가 하는 걸 보니, 내 머리가 점점 어떻게 되고 있는 것 같았다. 엄마 소식을 다시 든게 된 충격 때문이 분명했다.

 당근 김치

당근.

토끼가 먹는 것.

건강에 좋다.

어중간하게 익힌 것보다 날것이 더 식감이 좋다.

당근은 싫어해도 당근 주스는 먹는 사람이 많다.

"이게 아이디어야?"

"생각나는 대로 적어 본 거야. 어때?"

"흠."

구다진은 내 아이디어를 받아들였다기보다는 단지 호기심만 보인 것이었고, 아직 납득하기 힘든 모양이었다. 나는 어릴 때 골라 먹던 김치 속 당근에 대해 말해 주었다. 형진이가 김치찌개에서 참치만 건져 내어 먹는다는 말도 덧붙였다.

"괜찮네."

"괜찮아?"

"이야기가 있는 요리잖아. 예선은 이야기가 중요하댔어."

구다진은 휴대폰으로 당근 김치를 검색하더니 내게 화면을 보여 줬다. 중앙아시아의 고려인들이 담가 먹는 당근 김치가 나왔다.

"어제 네가 당근 김치 어떠냐고 해서 검색해 봤더니 이런 김치가 실제로 있더라. 그런데 우리나라 식으로 고춧가루와 젓갈에 매콤하게 무친 김치가 아니었어."

"그럼 우리는 우리나라 식으로 하면 되잖아?"

"내가 하려던 말이 그거야."

우리는 의외로 죽이 맞았다. 구다진은 김치 재료를 당근만 하면 좀 심심하다고 했고, 나는 다른 재료들을 생각해 보았다. 양파나 쪽파로 색을 다채롭게 만드는 시도도 괜찮을 것 같았다.

"일단 해 보자. 그런데 너, 김치 담가 봤어?"

구다진이 먼저 물었다. 내가 묻고 싶은 질문이었다. 어릴 적 엄마가 김치 담그는 걸 곁에서 본 적은 많았다. 그러나 구경만 했을 뿐이다. 엄마가 요리를 하면 나는 늘 곁에서 책을 읽거나 그림을 그랬다. 한 겹씩 보태어져 완성되어 가는 요리 냄새를 맡으며.

"난 배추김치는 담가 봤어. 처음에는 그것처럼 해 보자."

구다진은 마트에 가서 필요한 재료를 사자고 했다. 마트로 가는 내내 나는 김치의 맛에 대해 생각했다. 당근만 집어먹을 때의 그 느낌도 최대한 떠올리려고 노력했다.

예선은 예선 장소에서 직접 김치를 1킬로그램 전후로 만들어 사연과 함께 적어 제출하는 식이었다. 우리는 마트에서 당근 무게를 재 보았다. 하나가 200그램 전후였다. 평균 200이라고 치고 총 다섯 개면 1킬로그램. 윗부분과 아랫부분을 다듬고 쪽파를 추가하면 얼추 1킬로그램에 맞춰질 것 같았다. 그러나 우리는 당근을 스무 개나 샀다. 연습용으로 넉넉히.

"그런데 어디서 연습하지?"

내 질문에 구다진이 당황했다. 생각을 안 해 본 것 같았다. 철저하고 냉정해 보이는 녀석이지만 때때로 허점이 보인다.

"너희 집?"

"안 돼! 나도 너처럼 대회 나가는 거 비밀이야."

'블루 셰프 그랑프리'에 나간다는 사실을 새엄마나 아빠가 알아서는 안 됐다. 엄마가 결선 멘토라는 게 결정적인 이유였다. 그래서 내가 대회에 도전하게 된 건 아니지만 어느 정도 영향이 없었다고는 말 못 한다. 솔직히 나는 엄마에게 보여 주고 싶기도 했다. 보란 듯이 잘 살며 당당히 내 길을 가는 모습을. 엄마가 꿈꾸던 일이라고 해서 피하고 싶지 않았다. 구다진의 크리스마스 닭구이처럼 나도 뭔가 새롭고 멋진 걸 만들 수 있었다. 엄마와 상관없이 잘 산다는 걸 보여 줄 것이다. 이건 어쩌면 복수의 한 방법이었다.

"그럼 우리 집?"

"너희 집?"

구다진의 어머니가 안 계시다는 건 이미 알고 있었다. 새이의 정보통에 의하면 예전에 돌아가셨다고 했다. 그리고 구다진은 외동아들이었다. 그 말인즉, 낮에는 집이 빈다는 소리였다. 우리 둘만 있어야 한다는 말이었다.

"왜? 싫어?"

"그게…… 좀…… 둘이…… 그렇잖아."

"비밀리에 요리해야 한다며!"

구다진이 소리를 꽥 질렀다. 얼굴도 빨개졌다. 우리는 한동안 그냥 서 있었다. 마트 앞에 서서 양손에 당근을 잔뜩 들고. 순간 엄마의 장바구니를 들고 나올걸, 하는 생각이 들었다. 모든 것이 엄마와 연결되었다. 하다못해 당근까지도.

그때 마법처럼 그녀가 나타났다. 엄마와 함께 과자와 라면이 가득 든 카트를 밀고 있었다.

"어이!"

구세주 그녀, 새이가 손을 흔들었다. 구다진이 해답을 찾은 듯 고개를 끄덕였다. 나도 동의하며 힘차게 고개를 끄덕였다.

"왜 내가 여기 있어야 하는 건데? 누가 내 존재 이유를 설명해 주지 않으련?"

새이는 구다진과 나를 번갈아 바라봤다. 그도 그럴 것이 우리가 거의 납치하다시피 새이를 데려왔기 때문이다. 새이가 엄마와 라면을 끓여 먹기로 했다고 버텼지만, 나는 새이 팔짱을 끼며 순순히 따라오라고 낮게 속삭였다. 새이는 무슨 큰일이라도 난 줄 알고 겁을 먹고 우리를 따라왔다고 했다. 그러나 우리가 거실에 새이를 앉혀 두고 우리끼리 요리 이야기만 하자 새이는 폭발했다.

"너, 어차피 집에 가서 텔레비전만 볼 거잖아. 집에서 보나 여기서 보나 똑같지 않아?"

"그건 그렇지만, 적어도 이유는 알고 여기 있어야 하는 거 아니냐?"

새이 말이 맞았다. 그러나 이유를 설명하기도 난처했다. 구다진도 굳이 말로 그 이유를 떠들어 대고 싶지 않은 것 같았다. 새이의 말을 못 들은 척 나에게 떠넘기고 있었다. 하지만 정말 '둘만 있기 뻘쭘해서'라고 어떻게 말로 하겠는가. 새이가 알아서 눈치를 채 주길 바랐지만 전혀 그럴 기미가 아니었다.

"라면 끓여 먹자."

나는 말을 돌렸고, 다행히 새이도 배가 고픈지 라면으로 관심을 돌렸다. 나는 주방에서 당근을 자르고 있는 구다진에게 라면을 꺼내 달라고 했다.

"라면? 없는데?"

구다진이 어깨를 으쓱했다. 라면이 없는 게 아주 당연한 일이라는 듯이.

"라면 없는 집이 어디 있어?"

황당함도 잠시, 나는 곧 구다진의 아버지가 면을 요리하는 요리사라는 걸 기억해 냈다. 게다가 프랑스에서 살다가 온. 한국인의 국민 음식인 라면이 없을 수도 있는 것이다. 사실 집 인테리어부터가 서민적인 것과는 거리가 멀었다. 외관은 우리 동네 여느 이층주택과 비슷했지만 그 안은 인테리어를 새로 해서 아주 모던했다. 하양과 검정이 조화를 이룬 것이 꼭 잡지에 나오는 집처럼 깔끔하고 우아했다.

검은색 소파에 드러누워 알록달록한 티셔츠가 더 도드라진 새이가 옥의 티였을 뿐.

"네가 먹고 싶은 라면…… 네가 고르고 싶지 않아?"

나는 조심스럽게 물었다.

"그게 무슨 소리야?"

"내가 돈 줄 테니까 나가서 좀 사 오면 어떨까……."

내 말이 끝나기도 전에 새이가 눈을 치켜떴다. 그와 동시에 내머릿속에는 다른 생각이 났다. 새이가 나가면 집에 우리 둘뿐이라는 사실.

"아니다, 내가 가서 사 올게."

나는 새이가 나가겠다고 할까 봐 선수를 쳐 밖으로 나왔다. 아무래도 둘만 있는 건 좀 그렇다. 내가 구다진을 좋아하는 건 아니지만. 결코. 과거에도 지금도 미래에도 좋아할 생각이 없지만 말이다.

　골목에서 나가는 길에 있는 편의점에서 라면 몇 개를 사서 나오다가 갑자기 온몸에 싸한 기운이 돌았다. 나 혼자 나온 게 잘못된 것 같은 기분. 아뿔싸, 새이도 데리고 나왔어야 한다. 지금 저 집에 구다진과 새이만 있는 것이다.

　발걸음이 빨라졌다. 기분이 이상했다. 둘이 같이 있는 게 싫었다. 물론 구다진은 주방에서 당근을 채 썰고 있었고 새이는 텔레비전을 보고 있었지만, 주방과 거실은 그다지 멀지 않았다.

　"그런데 그게 뭐?"

　나는 걸음을 멈추고 중얼거렸다. 생각의 전개가 이상했다. 둘이 같이 있는 걸 왜 싫어하는 거지? 구다진의 집 앞까지 와서 나는 집을 바라봤다. 저곳에 그 둘이 있었다. 일부러 천천히 초인종을 눌렀다.

　"문 열어 줘."

　대문이 열리고 이어서 현관문도 열렸다.

　"사 왔어?"

　새이가 소파에 누운 채로 소리쳤다. 텔레비전에서는 요새 새로 뜨는 아이돌 그룹인 '파란소년'이 나오고 있었다. 새이가 밤마다 실시간 개인 방송을 보면서 반한 네 명의 17세 소년들. 새이는 눈이 하트가 되어 텔레비전에서 눈을 떼지 못하고 있었다.

"조금만 기다려. 금방 끓여 줄게."

기분 좋게 주방으로 갔다. 구다진은 당근 채를 다 썰고 양파와 쪽파를 썰고 있었다. 썰어 놓은 당근의 모양이 경이로울 정도로 일정했다.

"벌써 다 했어?"

"프랑스에서는 학교 갔다 오면 이런 거만 했어."

"아버지 일 도왔던 거야?"

"그때는 메뉴가 많았거든. 재료 손질할 일손이 많이 필요했지."

"메뉴? 어떤 요리가 있었는데?"

웬일로 자기 이야기를 많이 한다 했더니 그걸로 끝이었다. 나는 구다진의 대답을 조금 더 기다리다가 포기하고 라면 물을 올렸다. 구다진은 재료 다듬기를 끝내고 김치 양념 레시피를 검색해서 들여다보고 있었다.

"당근을 소금에 절일 필요는 없을까?"

드디어 다시 입을 열었지만 김치에 관한 이야기였다.

"원래 부재료니까 안 절이고 양념으로 버무리기만 하잖아."

"김치는 소금에 절이는 게 포인트야. 절여야 하는 음식이라고."

구다진은 어차피 혼자 결정할 것 같았다. 나는 더 말하지 않았다. 어차피 나는 메인 요리사도 아니었다. 구다진이 요리를 만들면 맛만 잘 봐주면 되었다. 조금 더 짜게, 조금 더 달게, 아니면 좀 더 싱겁게. 간을 맞추고 조언만 해 주면 내 임무가 대부분 끝난다. 그리고 예선 당일에는 요리 보조로 구다진을 돕기만 하면 된다.

"반은 절이고 반은 그냥 해 보자."

구다진은 역시 혼자 결정한 뒤 당근 채를 반으로 나눴다. 알아서 할 거면서 상의하는 척 말하는 게 웃겼다.

"야, 뭐 해?"

갑자기 구다진이 화를 냈다. 그 바람에 움찔 놀라서 녀석을 돌아보니, 구다진이 라면 냄비를 가리켰다. 보글보글 물이 끓고 있었다.

화낸 게 아니었나?

나는 얼른 라면을 두 개 뜯어 라면 스프와 면을 넣었다. 구다진이 힐끗 보더니 당근에 소금을 거칠게 뿌렸다.

"너 화났어?"

"이 중요한 순간에 라면이나 끓이고 있고."

구다진이 혼잣말인 양 중얼거렸다.

"라면은 새이가 끓여 달라고 한 거잖아!"

"그래, 당근 김치고 뭐고 둘이 라면이나 드셔."

이제는 비아냥거리기까지. 정말 참을 수 없었다.

"김치는 네가 알아서 해! 어차피 다 알아서 할 거잖아!"

나는 라면 냄비를 들어 싱크대에 부어 버리고 렌지 불을 껐다.

그리고 발을 쿵쿵거리며 돌아섰다. 주방 입구에 새이가 서 있었다. 잔뜩 불안한 표정으로.

"너희……, 왜 그래?"

"가자."

나는 새이 손을 잡고 밖으로 나왔다. 구다진은 따라 나오지 않았다. 예상한 대로였다. 자기 잘못을 아는 사람이라면 처음부터 괜히 시비를 걸며 화를 내지는 않았을 것이다. 역시 사이코다.

우리는 분식집으로 가서 라면을 시켰다. 새이는 콩나물 라면, 나는 고춧가루 팍팍 넣은 매콤 라면.

"야, 왜 갑자기 싸우고 그래?"

"몰라. 자기 마음대로 다 하더니 느닷없이 화를 내잖아. 저 새끼, 사이코야."

새이는 라면을 휘휘 젓다가 무슨 생각이 났는지 고개를 반짝 들었다.

"혹시 너, 라면 두 개만 끓였어?"

"당연하지. 우리 둘이 두 개면 충분하지. 혹시 찬밥 있으면 좀 말고."

"왜 두 개만 끓여? 다진이도 먹어야지."

새이 말이 내 머리를 강타했다. 생각지도 못한 구다진의 라면. 그 애 것까지 끓여야 한다고는 생각도 못 했다.

"에이, 먹겠어?"

"먹을지 안 먹을지 물어보지도 않았잖아."

"……그건 그렇지."

"다진이도 문제지만 너도 요즘 엄청 예민한 거 알지?"

새이는 그 말만 하고 라면에 집중했다. 라면을 다 먹을 때까지 아무 말도 안 했다. 나는 면은 놔두고 국물만 퍼먹다 숟가락을 탁 내려놨다. 내가 왜 예민한지 말하고 싶지 않았다. 새이가 아는 게 싫어서라기보다는 내 입으로 그 문제를 꺼내는 것 자체가 싫었다.

"뭔가 말하고 싶을 때 연락해. 오늘 라면 값은 내가 낼게."

새이는 먼저 일어서 라면 값을 계산하고 나가 버렸다. 나는 라면이 불어 버릴 때까지 그대로 앉아 있었다. 불지 않은 수타 우동이 그리웠다.

"엄마, 나 당근으로 김치 만들어 주면 안 돼?"

문득 어린 시절, 내가 했던 말이 생각났다. 그러고 보니 엄마에게 이미 당근 김치에 대해 말한 적이 있었다.

"당근 김치는 없어."

"왜?"

"왜라니? 없으니까 그렇지."

엄마는 어깨를 으쓱했다.

"엄마는 요리를 잘하니까 엄마가 발명하면 되잖아."

"그건 요리사들이나 하는 거야."

"난 엄마도 요리사였으면 좋겠어."

분명 내가 한 말이었다. 왜 그런 말을 했을까. 말하지 말 걸 그랬다. 말 안 했으면 나만의 요리사로 남았을지도 모른다. 그러나 또 한편으로는 그게 꼭 행복하지만은 않았을 것도 같다. 엄마가 얼마나 요리사가 되고 싶었는지 알기에.

나는 불은 라면을 천천히, 아주 천천히 먹었다.

그날의 아이스크림

나도 당근 김치를 만들기 시작했다. 마침 냉장고 안에 당근이 있었다. 저번에 새엄마가 찹스테이크를 만들려고 사 왔던 당근이었다. 하지만 새엄마는 다쳤고, 만약 내가 쓰지 않으면 다른 누군가에 의해 요리로 재탄생될 일은 없었다. 두 개만 꺼내 잘게 채를 썰고, 반은 소금에 절이고 반은 그냥 김치 양념을 해서 버무렸다.

내가 모든 것을 또렷하게 기억하는 건 아니었다. 어릴 때 일이었고 일상처럼 지나간 일이었다. 갑자기 김치와 관련된 엄마의 일화가 떠오른 건 우연이었다. 하필 예선전 주제가 김치라서였다. 아니 김치 말고도 이 세상의 모든 요리에는 엄마가 연관되어 있었다. 적어도 나에게는 그랬다.

9년간 나는 모든 것을 엄마에게서 배웠고, 7년간은 엄마를 추억하며 배웠다. 아마 모든 요리가 엄마와의 일을 떠올리게 만들 것이다.

밥알을 갈아 풀을 쒔다. 엄마가 하던 그대로. 풀에 다진 마늘과 고춧가루, 액젓 등 양념을 넣었다. 절인 배추를 찢어 넣어 버무리면 맛난 겉절이가 될 터였다.

"다진 마늘……."

구다진은 뭐 하고 있을까? 역시 김치를 만들고 있겠지? 처음 그 애가 눈에 띄었을 때 일이 생각났다. 미맹이라면서 맛없는 돈가스에 인상을 쓰던 그 애. 그러면 그 눅눅한 식감이 마음에 안 들었던 걸까? 맛을 느낄 수 없다는 건 도대체 어떤 기분일까?

엄청나게 답답할 것 같았다. 게다가 한때 맛을 알았다가 모르게 되었다면 더더욱. 아무래도 구다진은 타고난 미맹은 아닌 듯했다. 맛있는 음식을 요리하고 싶어 하는 걸 보면 말이다.

그러고 보니 '블루 셰프 그랑프리'에 왜 나가려는 것인지 묻지 못했다. 나에게 팀원을 부탁할 정도면 대단히 절실한 것 같았다.

✉ 당근 김치는 만들어 봤어?

나는 구다진에게 보낼 메시지를 써 보았다. 마음에 들지 않아 지웠다. 내가 지고 들어가는 것 같아서도 그랬지만 뭔가 심심한 멘트였다.

✉ 뭐 하냐?

"흐음."

그냥 툭 던지듯 말을 걸고 싶었는데 역시나 구차해 보였다. 새 이에게 메시지 보낼 때는 고민한 적이 단 한 번도 없었다. 한참 동안 휴대폰을 만지작거리며 메시지를 적었다가 지웠다가만 했다. 그러다가 휴대폰이 울려서 깜짝 놀랐다.

✉ 야.

구다진이었다. 단 한 글자. 야.

✉ 왜?

대답 대신 김치 사진이 날아왔다. 맛있게 생긴 당근 김치.

✉ 완성?
✉ 어.
✉ 나도.

✉ 갖고 와. 지금 벤치.

화해고 뭐고 없었다. 다짜고짜 오라는 게 다였다. 하지만 나는 마음이 한결 가벼워졌다. 나는 내가 만든 김치를 밀폐 용기에 담은 뒤 조심스레 뚜껑을 닫았다. 뚜껑을 닫고 나서야 맛도 보지 않은 걸 깨달았다. 그러나 마음이 급했다. 어쩐지 바로 안 가면 구다진이 없을 것 같았다.

양손으로 김치를 담은 통을 들고 종종걸음으로 뛰듯이 걷다가 문득 내가 왜 이러고 있나 싶었다. 뭐에 홀린 것처럼 구다진에게 휘둘리고 있었다. 최대한 걸음을 늦추고 천천히 걸었다. 그래도 공원이 코앞인지라 10분 만에 도착해 버렸다. 나를 보고 구다진이 한 손을 번쩍 들었다.

"맛있게 됐어?"

묻고 나서야 아차 싶었다. 구다진에게 맛을 묻다니. 다행히 녀석은 개의치 않았다.

"네 건?"

내 김치를 발견한 그 애도 물었다.

"그게, 난 아직 맛 못 봤어."

우리는 김치를 나란히 놓고 뚜껑을 열었다. 어두워서 김치 모양이나 색깔은 잘 안 보였지만 냄새가 괜찮았다.

"까나리 액젓?"

"절대 미각을 넘어 절대 후각이냐?"

엄마가 깍두기 만들 때마다 풍기던 냄새가 나서 한 말이었다. 엄마가 깍두기 담글 때 그걸 넣어서 나는 늘 코를 막고 서 있었다. 물론 지금까지는 까맣게 잊고 있던 냄새였다.

구다진이 만든 김치를 먼저 먹어 보았다. 눈을 감고 음미하며 당근의 향을 찾았다.

"더 익으면 괜찮을 거 같은데? 내가 가져가도 될까? 실온에 뒀다가 먹어 보게."

"그래, 그런데 네 건?"

나는 내 김치를 먹어 보았다. 맛이 그저 그랬다. 처음 만든 티가 팍 났다. 재료들이 어우러지지 못하고 각각의 맛을 따로 냈다.

"만들어 본 적이 없으니까 당연해."

내가 인상 쓰는 걸 보고 눈치챈 구다진이 위로 비슷한 걸 했다. 맞는 말인데 괜히 자존심이 상했다. 우리 팀의 메인 요리사는 구다진이었고, 나는 요리사 비슷한 것도 못 된다는 걸 알면서도 속이 상했다. 하려고만 하면 얼마든지 더 잘할 수 있을 것만 같았다.

"오늘은 너무 늦었으니까 내일 보자. 새이도 잘 말해서 데려와."

구다진이 빈손으로 일어서려다가 자기 김치를 들었다.

"어차피 내일 우리 집에 올 거니까 와서 먹어 봐."

"그, 그래."

화해고 뭐고 절차도 없이 우리는 예전으로 돌아갔다. 내 김치를 들고 잘 가라고 손을 흔들다가 라면이 떠올랐다.

"야, 내일은 내가 라면 끓여 줄게."

구다진은 아무 대답도 하지 않았다. 그러나 싫다고 하지도 않았다. 손을 흔들고 멀어져 갔다. 나도 집으로 돌아왔다. 새이 말이 맞았다. 내가 나만의 방식으로 생각한 탓에 일이 꼬인 것이었다. 물어봤어야 했는데 제멋대로 판단하고 결론을 내 버렸다.

그날도 그랬던 걸 이제는 안다. 엄마가 아이스크림을 사 준 날.

전에는 한 번도 가 본 적이 없는 호텔 스카이라운지였다. 어쩌면 그 호텔이나 라운지 이름이 '벨 뉘'였을지도 모른다. 어쨌거나 엄마는 아빠와 1주년 결혼기념일에 갔던 곳을 둘이서만 가자고 했다. 나는 동네 가게에서 파는 소프트아이스크림도 상관없었지만 그냥 따랐다. 우리는 택시를 타고 호텔까지 갔다.

그때는 몰랐지만 이미 엄마는 아빠와의 사이를 정리하고 유학 준비를 마친 뒤였다. 엄마는 아빠와 갔던 곳을 나와 감으로써 깔끔한 마무리를 하려고 했는지도 모르겠다.

"엄마, 언제 올 건데?"

"언제 오면 좋겠는데?"

"돈 많이 벌어서 오면 좋겠어. 만날 이 아이스크림 먹게."

동네 소프트아이스크림을 먹고 싶어 했던 것이 무색하게 스카이라운지 아이스크림은 화려하면서도 어마어마하게 달콤했다.

위에 갈아 올린 말린 과일 같은 것이 상큼하게 입맛을 살려 주었고, 아이스크림은 쫀득하면서도 혀를 부드럽게 감싸 안았다. 아무렇게나 뿌린 것 같지만, 사실은 일정한 간격과 굵기를 가진 초콜릿 시럽은 치즈를 넣어 졸인 맛이 났다.

"엄마가 성공하려면 시간이 오래 걸릴지도 모르는데?"

"괜찮아. 기다릴 수 있어."

그때는 오랜 시간이란 개념이 어느 정도를 말하는 건지 몰랐으니까. 엄마가 7년이나 안 돌아올 줄은 몰랐다.

"엄마가 연락 자주 할게. 보러 오진 못해도."

"아냐, 엄마 거기 가면 공부도 하고 일도 해서 바쁘다며? 그냥 편지만 보내."

아이스크림이 맛있어서 마음 넓게 말했다. 그게 어떻게 들릴지도 모르고. 하지만 엄마가 그런 대답을 원한다고 믿었다. 엄마는 공부하러 가고 싶어 했고, 내가 순순히 보내 주는 게 좋은 건 줄만 알았다. 여름 방학에 시골 할머니 집에 2주일이나 혼자 가 있던 적이 있었다. 엄마와 떨어져 있을 자신이 있었다. 그 전까지는 엄마에게 가지 말라고 징징거리기도 했지만, 기분이 좋아진 나는 어른스럽게 행동해야 한다고 생각했다. 착각이었다. 어른이 안 된 어린이의 허세였다.

그즈음의 엄마를 떠올렸다. 엄마 눈이 늘 빨갰던 기억이 났다.

자다가 엄마와 아빠가 싸우던 소리에 깨곤 했다.

안방의 열린 문틈을 들여다보았다. 새엄마는 형진이의 숙제를 돕느라 형진이 방에 있었고 아빠 혼자 침대에 몸을 기대고 휴대폰으로 뉴스를 보고 있었다.

"아빠, 뭐 해?"

"왜? 무슨 일 있어?"

아빠는 늘 그렇듯 다정했다. 7년간 그랬다. 새엄마와 형진이를 데려오기 전의 4년간은 엄마의 빈자리까지 채워 주기 위해 많이 노력했다. 좋은 아빠라는 거 나도 너무 잘 안다.

그래도 물어볼 건 물어봐야 한다. 나는 내 휴대폰을 꺼내 저장해 둔 사진을 보여 주었다. 기사에 나온 엄마 사진이었다.

아빠는 놀라는 눈치였지만 오랜만에 엄마 소식을 들어서는 아니었다.

"어떻게 찾았니?"

이미 모든 걸 알고 있었다는 말투였다. 나는 '블루 셰프 그랑프리'에 대해서 말했다. 관련 기사를 검색해 보다가 이 기사를 찾았다는 것도. 아빠는 아까보다 더 놀랐다. 그러더니 얼굴이 딱딱하게 굳었다.

"네가 거길 나간다고? 왜?"

"친구가 같이 나가 달라고 부탁해서."

"친구 누구? 새이?"

아빠가 다른 때와 달리 취조하듯 물었다. 원래 우리 아빠는 늘 다정하고 내 의견을 존중해 주는 스타일이었다. 그런데 내가 예민한 부분을 건드린 모양이었다. 엄마에 대해 알게 되는 게 싫은 걸까? 아빠가 그렇게 나오니 나도 순순히 대답하기가 싫었다.

"쓸데없이 그런 대회 나가지 마. 알았지?"

아빠는 화가 난 사람처럼 보였다.

"왜 화를 내?"

"아직도 모르겠어? 네 엄마는 우리 대신 레스토랑을 선택한 거야. 꿈이라는 건 그렇게 녹록지 않은 거다."

아빠 얼굴이 냉정했다. 다른 사람 같았다. 냉장고를 들여다보며 울던 엄마의 얼굴이 겹쳐졌다. 아빠는 엄마와 둘만 있을 때 이런 얼굴을 했던 것이다. 잊었던 한 장면이 떠올랐다. 악을 쓰며 소리치던 엄마.

"다 당신 때문이야! 당신이 날 속였어!"

아빠는 무엇을 속인 걸까?

"어쨌거나 안 돼! 요리 대회는 절대로 안 돼."

아빠는 단호했다.

"몰라!"

나는 퉁명스럽게 말하고는 방으로 들어와 버렸다. 목이 콱 막히고 눈물이 차올랐다.

아직도 아빠는 날 아홉 살 어린애로 생각하고 있었다. 그래서 아무것도 가르쳐 주지 않는 것이다. 어릴 때는 철없이 엄마에 대해 물은 적이 많았다. 그러나 그럴 때마다 슬픈 얼굴을 하는 아빠 때문에 더 캐묻지 못했다. 이제 와서 생각하니 나를 위해 그렇게 한 것이 아니라 자신을 방어하는 행동이었을 뿐이다. 이제 나는 컸고 그때의 어린애가 아니었지만 그래도 아빠는 자신의 치부를 드러낼 생각이 없는 것 같았다.

아빠가 정말 엄마를 속였을까? 무엇을? 그다음에는 어떻게 됐지? 아빠는 엄마에게 뭐라고 변명했지? 기억이 안 났다. 이불을 뒤집어쓰고 귀를 막고 울던 내 모습만 떠올랐다.

✉ 예선 통과하면 어떻게 할 거야?

새이였다. 아직 예선도 안 치렀는데 예선 통과 타령이라니.

✉ 그게 무슨 소리야? 뭘 어떻게 해?

✉ 본선부터는 본격적인 방송 출연이잖아. 헤어스타일이라도 새로 하고 나가야 하는 거 아님?

새이는 내 대답과 상관없이 여자 아이돌들의 머리 사진을 보내

기 시작했다. 마음에 드는 헤어스타일을 고르라는 것이었다. 그러나 나는 새이 덕분에 잊었던 사실을 기억해 냈다. 본선에는 추가 서류를 내야 했다. 바로 보호자의 사인이 포함된 동의서를.

아빠가 동의해 줄 리 없었다. 예선을 통과하고 본선에 진출해도 문제였다. 내가 맛본 구다진의 김치는 꽤나 괜찮았고, 내일은 더 괜찮을 터였다. 예선을 통과할 가능성은 충분히 있었다.

가뜩이나 복잡한 머릿속이 더 복잡해졌다. 느닷없이 스카이라운지의 그 아이스크림이 생각났다. 시원하고 달콤하게 머릿속을 정리하고 내 속을 풀어 줄 것 같았다.

선물

✉️ 예선 통과했다.

구다진이 보낸 메시지를 한참 동안 들여다보았다. 어느 정도 가능성이 있다고 생각했지만 현실이 되니 믿기지가 않았다.

✉️ 잘됐다.

답을 보내고 나서도 한참 멍하니 있었다. 구다진은 내 의견을 반영해 액젓을 더 넣고 양파를 넉넉히 더 넣어 새 레시피를 짰고, 우리는 예선 심사 당일 훌륭한 당근 김치를 만들어 냈다. 그날은 구다진이 만드는 걸 보기만 하다가 온 기분이었다. 간간이 맛을 보고 조언을 조금 해 주는 것만으로도 구다진은 연습 때보다 훨씬 훌륭한 김치를 완성했다.

그리고 그로부터 이틀 뒤 날아온 합격 통지에 나는 마냥 기뻐할 수만은 없었다. 보호자 동의서가 필요하다는 게 자동으로 떠올랐다. 본선은 방송 프로그램에도 나가는 거니까 아빠는 더욱 반대할 터였다. 이 대회에 엄마가 연관된 것을 아는 이상 허락하는 게 더 이상했다.

✉ 보호자 동의서 꼭 내야 하지?

묻고 나서야 구다진은 어찌할지 궁금했다. 아버지에게는 분명히 비밀이라고 했고, 엄마는 안 계시니 말이다.

✉ 걱정 마. 고모가 써 주기로 했어.

구다진은 내가 자기를 걱정하는 줄 알고 대답했다. 고모가 없는 나는 어떻게 해야 하는 거냐고 물을 수는 없었다.

대회 홈페이지에서 동의서 파일을 다운로드 받아서 출력했지만 아빠에게 내밀 용기가 안 났다. 내가 머리를 쥐어뜯고 있으니 형진이가 이상한 낌새를 눈치채고 기웃거리기 시작했다. 귀찮은 녀석. 빌려 간다는 가위는 안 빌려 가고 내 어깨너머로 종이를 넘겨봤다.

"누나, 그게 뭔데? 뭐 어려운 숙제라도 있어?"

"꼬맹이는 몰라도 돼."

나는 종이를 책상 위에 뒤집어 두고 휴대폰을 들고 거실로 나왔다. 전화가 좋을지 메시지가 좋을지 고민이 됐다. 아빠에게 어떻게 설명해야 내가 정말 요리사가 되려는 게 아니고 친구를 돕는 거라고 이해시킬 수 있을까? 아빠가 퇴근하기까지 기다렸다 얼굴을 마주 보고 말할 용기는 없었다. 차근차근 설명하기도 전에 또 불쑥 화가 치밀 것만 같았다. 아빠의 다른 얼굴을 또 보고 싶지 않았다.

가끔 뭔가를 결정하기 어려울 때 나는 다른 사람이라면 어떻게 할지 상상해 본다. 만약 새이가 나라면 어떻게 했을까? 새이 성격이라면 넉살 좋게 웃으며 아빠를 회유하려 들 것이다. 사랑한다고 애교도 부리고 앞으로 효도하겠다고 협상도 하며. 어쩌면 그게 잘 먹힐지도 모른다. 그러나 내 성격으로는 전혀 불가능했다.

만약 구다진이라면? 퉁명스러운 표정으로 그까짓 동의서 주기 싫으면 말라고, 필요 없다고 하지 않을까? 그나저나 구다진은 왜 아버지에게 요리 대회에 나간다는 사실을 숨기는 걸까? 구다진이 미맹인 것과 연관 있을 거라고 어렴풋이 짐작해 볼 뿐이다.

"으."

머리가 아팠다. 내가 남 걱정이나 하고 있을 때가 아니었다. 텔레비전에서 마침 미노가 나왔다. 최근 신곡을 발표해서 활동을 재개한다는 연예 뉴스였다. 활동을 재개한다는 표현은 잘못됐다. 얼마 전까지 뮤지컬이다 콘서트다 계속 활동한 미노였다. 연습 때문에 하루에 세 시간밖에 못 잔다는 소식을 새이를 통해 들은 적이 있었다. 미노 인생도 참 편하지만은 않겠다는 생각이 들었다. 그렇다고 해서 내가 미노를 용서하는 건 아니다. 새이의 마음을 짓밟은 싸가지를 내가 어떻게 이해해 줄 수 있겠는가?

"자, 이거."

새엄마가 내 옆에 앉는가 싶더니 무언가를 내밀었다. 보호자 동의서였다. 나는 얼른 종이를 받아 뒤로 숨겼다. 진형진 이 자식은 남의 책상이나 뒤지고.

"미안해. 형진이가 보여 줘서 알았어."

"죄송……해요."

"그래. 죄송해야 해, 넌. 나도 엄연히 네 보호자야. 그런데 왜 나한테는 상의할 생각을 못 했니?"

"네?"

종이를 다시 펼쳐 보니 사인이 되어 있었다. 관계를 적는 칸에 '모'라고 적혀 있었다.

"친엄마 닮아서 너도 요리에 소질이 있는 것 같아. 아빠는 어떤지 몰라도 난 찬성이야. 네가 이 길로 간다고 하면 내가 아빠도 설득하고 팍팍 밀어 줄게. 사람이 하고 싶은 걸 해야지."

고맙기도 하고 기분이 이상하기도 하고 복잡했다. 엄마가 연관 되어 있다는 걸 말해야 할 것 같았다.

"사실…… 엄마가 결선 심사 위원이래요. 결선까지 올라갈 일 은 없겠지만……."

새엄마가 잠시 내 얼굴을 봤다. 화난 얼굴은 아니었다. 오히려 반가운 얼굴이었다.

"네 엄마가 진짜 실력이 좋으신가 보다. 정말 요리사가 되셨네. 난 괜찮아. 그래도 내 생각은 달라지지 않아."

깜짝 놀랐다. 새엄마는 천사가 아닐까?

"그렇게 감동할 것 없어, 애. 우리 집에서 너라도 요리를 잘해 야 맛있는 집밥 좀 얻어먹지. 안 그러니? 생각만 해도 벌써 신나는 데?"

새엄마는 호호호 웃었다. 나도 씩 웃었다. 하지만 금세 웃음을 거두었다. 새엄마에게 서명을 받을 생각은 전혀 못한 내가 못된 아이 같아서 미안했다. 나는 허리를 굽혀 90도로 감사 인사를 하 고 방으로 들어왔다. 진심을 담은 인사였다.

마침내 본선 1차 날이 되었다. 녹화를 하러 스튜디오에 들어가 는 건 물론이고, 방송국에 들어가는 것도 생전 처음이었다.

"나도 가고 싶다."

새이는 울상이 되어 내 팔에 매달렸다. 방청객 없이 진행하는 녹화여서 본선 진출자 외에는 들어갈 수가 없었다.

"나도 방송국 들어가고 싶다. 흐잉."

새이를 방송국 앞 카페에 남겨 두고 구다진과 나는 이미 통화한 작가 언니를 만나러 갔다. 방송국 입구에서 기다리고 있던 언니는 우리에게 번호표를 주고 안으로 들여보냈다. 안에는 또 다른 스태프가 우리를 기다리고 있었다.

모든 과정이 낯설고 긴장되어서 살이 달달 떨리는 것 같았다. 그러나 구다진은 표정 하나 바뀌지 않고 담담해 보였다.

"본선은 몇 명이라고 했지?"

긴장도 풀 겸 말을 걸었는데 구다진은 대답도 안 했다. 이런 냉정한 인간이 내 파트너라니 믿을 수가 없었다. 요새는 이미지가 조금씩 좋은 쪽으로 변하는 중이었는데 아무래도 착각한 것 같다. 다시 구다진이 싸가지로만 보였다.

스튜디오는 굉장히 넓었다. 요리할 조리대는 스무 개였다. 그제야 본선 진출자는 스무 팀, 본선 2차 진출자는 열 팀이라는 게 떠올랐다. 본선 3차는 다섯 팀. 거기서 세 팀을 추려 결선을 치른다. 결선에 올라간 세 팀은 각각 멘토를 모시고 배우며 대결을 했다. 그리고 그 멘토 중 한 명이 바로 우리 엄마인 것이다. 만약 내가 결선에 올라가 멘토로 만나게 된다면 엄마는 어떤 얼굴을 할까?

두려웠다. 막상 만난다고 생각하니 겁부터 났다. 엄마를 기다린 7년은 괜찮았다. 요리사가 되면 돌아올 거라고 굳게 믿었기 때문에. 그런데 그 믿음이 깨진 이제는 안 괜찮다.

준비된 앞치마와 모자를 쓰고 조리대 앞으로 가 있어야 했다.

"우리 17번이지? 어디지? 자리가?"

내가 우리 조리대를 찾는 중에도 구다진은 아무 말도 안 했다. 슬슬 화가 나기 시작했다.

"야."

나는 구다진 옆구리를 툭 쳤다. 구다진이 자다가 깬 사람처럼 깜짝 놀라며 나를 바라봤다.

"왜?"

"각자 자리로 가서 서 있으래. 작가 언니가."

"그, 그랬어?"

말투가 평소와 달랐다. 구다진 특유의 차갑고 도도하고 건방진 말투는 어디로 가고 겁먹은 어린 남자아이만 있었다. 그랬다. 구다진은 계속 내 말을 무시한 게 아니라 긴장해서 얼어붙어 있었던 것이다. 불안해지기 시작했다. 믿었던 구다진이, 찔러도 피 한 방울 안 나올 것 같던 구다진이 이런 중요한 순간에 갑자기 로봇에서 인간이 되어 버리다니.

많은 사람들이 정신없이 움직이고 조명이 켜지더니, 막내 작가 언니가 돌아다니며 한 팀씩 점검하기 시작했다. 곧 녹화를 시작하겠다고 했다. 크게 신경 쓸 건 없고 하던 대로 편하게 하면 알아서 찍고 예쁘게 편집해 준다며 참가자들을 안심시켰다. 물론 그 말도 귀에 안 들어오는 구다진 같은 사람도 있었지만.

"안녕하세요, 여러분. 떨지 말고 평소처럼 하면 돼요. 아시죠?"

마침내 진행자인 강세라 언니가 들어왔다. 강세라 언니는 '블루 셰프 그랑프리'를 1회부터 진행해 온 베테랑 아나운서였다. 요리에도 일가견이 있어서 요리책을 출간하기도 했다. 크고 날카로운 눈매가 언뜻 도도해 보이지만 '휴머니티가 살아 있는' 따뜻한 진행을 한다고 좋은 평가를 받았다.

"눈 정말 크다. 그리고 엄청나게 말랐어."

구다진에게 말했지만 역시나 구다진은 먼 산만 보고 있었다. 카메라에 불이 들어오고 녹화가 시작되었는데도 그대로였다.

"여러분, 그럼 제5회 '블루 셰프 그랑프리'를 시작하겠습니다! 미래를 꿈꾸는 우리들의 젊은 셰프를 소개합니다!"

강세라 언니가 소리치자 참가자들이 모두 환호했다. 나도 두 손을 들고 소리를 질렀다. 구다진은 부동자세로 가만히 있었다. 우리가 카메라에 잡혔더라도 구다진 때문에 편집될 게 뻔했다.

"본선 1차는 단어 주제를 가지고 겨뤄집니다. 팀별 회의 시간은 한 시간인데요, 주어진 시간 동안 스튜디오 한쪽에 준비된 식재료 창고에서 요리 재료를 골라 오는 일까지 마쳐야 합니다. 그럼 오늘의 주제를 발표하겠습니다."

저번 대회 본선 1차 주제는 '사랑'이었다. 그리고 그전 주제는 '집'이었다. 이번 주제도 비슷하면서 무난한 단어가 나올 것 같았다. 사실 어떤 주제가 나와도 구다진이 있으니 별로 걱정할 일이 없을 줄 알았다. 구다진이 저럴 줄은 몰랐으니.

"어휴."

한숨이 절로 나왔다. 당연히 구다진은 내가 한숨 쉬는 것도 모르고 뚫어져라 강세라 언니의 손만 보고 있었다. 강세라 언니가 단어 카드를 뒤집어 주제를 공개했다.

"이번 주제는 '선물'입니다!"

곳곳에서 한숨과 탄식이 흘러나왔다. 하지만 곧 같은 팀원끼리 앉아서 회의를 하느라 바빴다. 우리도 의자를 마주 놓고 앉았지만 아무 이야기도 안 했다. 구다진은 입으로 뭔가를 중얼거리며 생각에 잠겨 있었다.

요리의 주제가 '선물'이라는 건 어쩌면 뻔하기도 하고 어쩌면 너무 어렵기도 했다. 누군가에게 음식을 선물 받는 건 어떤 기분일까? 그때 엄마의 이벤트가 떠올랐다.

"짜잔, 이게 내가 준비한 생일 선물이야."

선, 물? 김이 모락모락 나는 음식이 눈앞에 놓여 있었다. 그날은 일곱 살 내 생일이었다. 나는 바비 인형을 갖고 싶었지만 엄마가 나에게 내민 건 직접 만든 음식이었다. 그 음식이 뭐였더라? 분명히 기억나는 건 내가 기뻐하지 않았다는 것이다. 왜냐하면 그건 바비 인형이 아니었으니까.

"넌 뭐 생각나는 거 없어?"

구다진이 나에게 물었다. 다소 얼어붙어 있었지만 어느 정도 내가 아는 구다진으로 돌아와 있었다. 다행히 실전에 약한 타입은 아닌 모양이었다.

"글쎄……."

엄마가 나에게 내민 음식이 무엇이었는지 도통 기억나지 않았다. 다만 잔뜩 심통난 내가 그걸 억지로 한입 먹고는 기분이 풀렸던 기억은 났다. 무척 맛있었다. 그제야 엄마는 이번 달에는 바비 인형을 살 돈이 없다고 솔직하게 말했다. 대신 다음 달에 사 주겠다고 약속하면서. 그렇다고 해서 우리가 찢어지게 가난한 건 아니었다. 공무원인 아빠의 월급이 많지는 않았겠지만, 엄마는 늘 요리 재료를 사는 데는 돈을 아끼지 않았다. 그 일로 가끔 아빠가 잔소리를 했던 것 같다. 아스파라거스니 라임이니 사지 않아도 배를 채울 음식은 충분히 만들어 먹을 수 있다며.

어쨌든 그 음식은 정말 괜찮았다. 엄마의 음식은 다 맛있었지만 특히 그 음식이 더 맛있다고 느낀 건 왜일까?

"쿠키로 선물 많이 하니까 쿠키는 어때? 아니면 케이크?"

구다진은 뻔한 답을 먼저 내놨다. 아직 긴장이 덜 풀린 걸까?

크리스마스 닭구이를 만들던 창의력은 어딜 가고.

"그건 너무 딱 보기에도 선물 같잖아."

말하고 나서야 엄마의 선물이 더 맛있었던 비결을 알 수 있었다. 그건 척 보기에 그닥 예쁘지도 않고 맛도 없을 것 같아서였다. 바비 인형이 아니기도 했지만 내가 보자마자 실망한 건 맛이 없어 보이는 단순한 모양새 때문이었다. 그러나 막상 먹어 보니 깜짝 놀랄 만큼 맛있었던 것이다. 기대치가 낮아서 더 맛있었던 게 아닐까?

좋은 생각이 났다. 일부러 맛없어 보이게 만드는 것보다 훨씬 더 좋은 생각. 음식을 말 그대로 선물로 보이게 만들 아이디어.

"선물은 포장을 하잖아. 우리도 가리는 거야."

"포장?"

"네가 만든 크리스마스 닭구이 있잖아. 그것도 꼭 포장된 느낌이었어. 서프라이즈! 닭인지 몰랐지? 이런 느낌?"

"아, 일부러 그러려고 한 건 아니야. 그냥 트리의 색을 입히고 싶었거든. 그런데 좋은 생각인 것 같아. 선물 상자 느낌이 나는 요리를 만들자."

우리는 포장을 어떤 모양으로 어떻게 할지 생각하기에 앞서 내용물을 먼저 정하기로 했다. 쿠키나 케이크는 재미없었다. 좀 더 깜찍한 게 필요했다.

"토끼 모양으로 깎은 사과는 어떨까?"

나는 엄마가 깎아 주던 사과를 떠올렸다. 비록 7년 전이지만.

"사과는 갈변해서 안 돼. 아, 레몬즙을 뿌려서 갈변을 막을 순 있어."

"아에 레몬 소스를 뿌리면 어때?"

"샐러드?"

샐러드라는 말에 엄마가 꽃 모양 쿠키 틀로 찍어 만들어 주던 당근과 오이가 떠올랐다. 내가 오이가 먹기 싫다고 해서 엄마가 일부러 예쁘게 모양을 만들어 주곤 했다.

"채소랑 과일을 모양 틀로 찍어서 아주 예쁜 샐러드를 만들어 보자. 어쩌면 크리스마스트리 느낌이 날지도 몰라. 그런 색을 쓰자. 빨간색과 초록색의 조화. 네 닭구이처럼."

내 머릿속에서 좋은 아이디어가 샘솟자 행복해졌다. 요리를 만들기 전에 단지 요리를 상상하는 것만으로도 좋았다.

"채소와 과일만으로는 부족하니까 레몬 소스랑 잘 어울리는 해산물 샐러드가 좋겠어."

구다진의 말에 링 모양으로 썰어 데친 오징어가 트리에 매달린 오너먼트같이 느껴졌다.

"네모난 선물 상자를 떠올리게 하면 좋을 것 같아. 리본으로 묶을 수 있게."

"통식빵이 딱인데 만들 시간은 없고. 혹시 재료 창고에 통식빵 있나?"

우리는 동시에 일어섰다. 누가 먼저랄 것도 없이 창고로 달려 갔다. 이미 회의를 끝내고 재료를 찾으러 온 아이들이 제법 보였 다. 빵 재료를 모아 놓은 곳에 바게트며 카스테라며 여러 가지 빵 들이 있었다.

"있다!"

구다진이 기뻐하며 통식빵을 들어 올렸다. 속을 파서 안에 샐 러드를 넣기로 했다. 샐러드용 채소와 과일을 정하고 재료를 조리 대로 옮기기까지 주어진 시간 안에 무사히 끝냈다. 남은 건 만드 는 일뿐이었다.

구다진이 채소와 과일을 썰고 오징어와 새우를 손질했고, 내가 소스를 만들며 맛을 봤다. 맨 나중에는 뚜껑을 닫고 새빨간 리본 으로 묶었다. 미리 역할을 정한 것도 아닌데 우리는 알아서 제 할 일을 맡아 척척 해냈고, 순식간에 요리를 완성할 수 있었다. 심장 이 두근두근 뛰고 벅차올랐다. 누군가와 손발을 맞춰 레시피를 생 각하고 요리를 완성한다는 것은 꽤나 그럴싸한 일이었다.

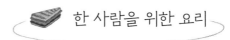 한 사람을 위한 요리

본선 심사 위원은 네 명. 두 명은 한국인, 한 명은 미국인, 다른 한 명은 프랑스인이었다. 심사 위원들은 우리가 만든 요리를 각 조의 조리대로 와서 맛보고 심사표에 체크를 했다. 스무 팀 중 반만 올라갈 수 있으니 10등 안에 들어야 한다는 소리였다.

한 심사 위원이 우리 조리대로 오자 구다진은 다시 얼어붙었다. 나도 긴장되기는 마찬가지였다.

"음, 아이디어가 참 좋네요. 그런데 시간이 지나면 샐러드 소스 때문에 빵이 젖을 것 같아요. 그게 아쉽네? 소스를 미리 붓지 말고 그때그때 덜어서 위에 부어 주는 편이 좋겠어요."

"좋은 말씀 감사합니다."

구다진이 허리를 숙였다. 건방진 줄만 알았더니 고개 숙이고 배울 줄도 아는 녀석이었다. 과연 조언대로 네 번째 심사 위원이 왔을 때는 빵이 푹 젖어서 구멍이 뚫리기 일보 직전이었다. 다행히 네 번째 심사 위원도 우리 아이디어에 호의적이었다. 카메라맨은 우리의 식빵 선물 상자를 여러 각도에서 오랫동안 찍어 갔다.

쉬는 시간으로 주어진 30분 뒤에 바로 결과를 발표한다고 했다. 구다진은 아무 말도 안 하고 혼자 복도로 나가 자판기 앞에 섰다. 나는 곧장 뒤따라 나갔다.

"먹을래?"

구다진은 지갑에서 천 원짜리 지폐를 꺼내 자판기에 밀어 넣더니 나를 뚫어져라 봤다.

"어? 난 오렌지 주스……."

나는 오렌지 주스 버튼을 누르려고 했다. 하지만 구다진이 빨랐다. 오렌지 주스 버튼을 누르는 구다진 손 위로 내 손이 겹쳐졌다. 나는 깜짝 놀라 손을 등 뒤로 숨겼다. 구다진은 아무 말도 없이 나온 오렌지 주스를 꺼내 나에게 건넸다.

"넌?"

"난 안 마실 건데?"

구다진은 도대체 무슨 소리를 하느냐는 듯한 표정이었다.

"그런데 자판기는 왜 보고 있었어?"

"어, 아까 재료 창고에 보니까 이런 탄산 음료수들은 없더라고.

혹시 요리 재료로 필요할 때 쓸 만한 게 있나 봐 두는 거야."

솔직히 놀랐다. 오늘 구다진의 의외성에 여러 번 놀란 것보다 더 놀랐다. 구다진은 온통 요리에 신경을 집중하고 있는 것 같았다. 미맹이라는 게 너무 안타까울 정도였다. 그게 아니라면 훌륭한 요리사가 될 수 있을 텐데.

"너, 원래 태어날 때부터…… 맛이…… 안 느껴졌어?"

구다진이 휙 돌아봐서 아차 싶었는데 화난 표정은 아니었다.

"아니, 엄마 때문이야."

"엄마?"

엄마와 연관이 있다고 하니 미맹이 된 이유에 대해 알고 싶지 않아졌다. 그러나 구다진은 말할 기세였다. 여기서 갑자기 멈추라고, 듣고 싶지 않다고 하는 것도 웃겼다.

"우리 엄마는 마음이 아팠어."

"아……, 그러셨구나. 참, 들어갈 시간 다 된 거 아냐?"

나는 괜히 시계를 봤다.

"외국 생활을 너무 힘들어했는데 나는 어렸고 아빠는 일이 바빠서 알아채지 못했지. 병은 점점 심해졌고 엄마는 끝내는 게 최선이라고 생각했나 봐. 그때는 이미 제대로 판단할 수가 없었던 것 같아."

말을 돌리려고 했지만 결국 구다진은 말하고 싶지 않았을 끔찍한 과거까지 꺼냈다. 그런데 너무 담담했다. 구다진, 역시 이상한 녀석. 오히려 내 눈에 눈물이 차올라 눈을 깜빡거려야 했다.

"엄마는 내가 자는 사이에 약을 먹었어. 잠결에 엄마가 날 꼭 안아 주었던 걸 느꼈어."

"그럼……."

"엄마가 그런 말을 한 적이 있어. 엄마가 나 혼자 두고 가 버리면 어떨 것 같냐고. 나는 엄마랑 같이 가고 싶다고 했지. 엄마가 하늘나라에 가도 함께 갈 거라고. 그런데 사실 그건 진심이 아니었나 봐."

"왜?"

"엄마가 죽은 걸 알자마자 나는 억지로 밥 먹은 걸 토했거든. 나를 데려가려고 밥에 독이라도 넣었을까 봐. 무서운 생각 아니야? 이상하게도 그 뒤로 나는 맛을 볼 수 없게 됐어. 심리적인 요인이라고 의사가 그러더라."

구다진은 진짜 이상했다. 이상하고 또 이상했다. 왜 이런 이야기를 이런 자리에서 이 순간에 뜬금없이 하는 건지. 그것도 이따 뭐 먹으러 가자고 말하는 것처럼 담담하게.

갑자기 엄청난 사실을 알아 버린 나는 누군가에게 화가 났다. 그 대상이 누군지는 모르겠다. 다만 분명한 건 구다진이 겪은 일이 굉장히 힘든 일이라는 사실이었다. 나보다 훨씬 더.

"들어가자."

구다진은 별 이야기 아니라는 듯이 앞서 걸어갔다. 내 마음은 잔뜩 어지럽혀 놓았지만 본인은 오히려 평온해 보였다.

"마지막 통과 팀은 17번 구다진, 진아율 팀!"

박수가 쏟아졌다. 아홉 팀의 이름이 불렸고, 본선 2차에 올라갈 마지막 한 팀의 발표만 남은 상황이었다. 절망하려던 찰나, 극적으로 우리 이름이 불렸다. 구다진은 두 주먹을 불끈 쥐었다.

"본선 2차는 일주일 뒤입니다. 2차 주제 역시 당일에 이 자리에서 발표가 되는데요. 그럼 여러분의 창의적이고 신선한 요리를 기대하며 오늘은 이만 마치겠습니다. 수고하셨습니다."

강세라 언니의 인사말로 녹화가 끝났다. 본선 2차는 인물이 주제였다. 한 사람만을 위한 요리를 해야 하는데, 이전 대회에서는 현직 대통령이나 세종대왕이 주제로 나오기도 했다. 아이들 사이에서 이번에는 외국인이 주제일 거라는 소문이 돌았다.

일주일이 되기 하루 전, 1회 방송이 방영되었다. 녹화는 토요일이었지만 방송은 그다음 주 금요일 밤인 것이다.

✉ 진짜 기대된다.

새이가 자기 집에서 방송을 보면서 실시간으로 메시지를 보냈다. 1회 방송은 진행자 강세라 언니의 내레이션과 함께 예선 장면과 역대 방송 하이라이트로 꾸려졌다.

✉ 아유, 너희는 거의 안 나온다. 짜증.

✉ 예선에만 백 팀 정도 왔다고 하니, 뭐.

사실 나도 조금 서운했다. 우리가 올라가긴 했지만 탈락한 팀이라도 재미있는 사연이나 특이한 이력의 소유자 위주로 편집되어 방송에 나왔다. 나와 구다진, 우리가 만든 당근 김치는 화면에 0.5초나 나왔을까? 잠깐 스치는 데 그쳤다.

"그럼 이제 결선 멘토에 대해 알아볼까요?"

화면이 바뀌고 강세라 언니의 말과 함께 세 명의 셰프가 소개되었다. 유명 이탈리안 셰프와 마카오 호텔의 중국인 셰프와 함께 우리 엄마가 나왔다.

✉ 어머!

새이의 짧은 반응에 많은 의미가 담겨 있었다. 새이는 전혀 몰랐으니 당연한 반응이었다. 나는 아무 말도 안 했다.

"조에 박 셰프는 지금껏 한국에는 잘 알려지지 않은 편인데요. 미슐랭 스타로 유명한 프랑스 장 셰프의 제자라고 합니다. 그는 직접 한국으로 오는 대신 아끼는 제자이자 한국인인 조에 박 셰프를 추천했습니다. 조에 박 셰프는 파리에서 유명한 레스토랑 '라벨 뉘'를 운영하고 있다고 합니다. 7년 전 프랑스로 건너가 짧은 기간에 성공을 이룬 그녀에게도 사연이 있다고 하는데요. 그 가슴 아픈 사연은 과연 무엇일까요?"

그대로 방송이 끝났다. 강세라 언니의 똑 부러지는 목소리가 이번만큼은 얄밉게 들렸다. 다음 방송에서 엄마의 사연을 자세히 다룰 것 같은 에고 멘트였다. 일명 방송을 위한 사연팔이. 아빠가 아직 안 들어와서 다행이었다. 새엄마도 일부러 나를 위해 자리를 피한 것인지 형진이를 데리고 나간 터였다.

✉ 넌 알고 있었어?

새이의 메시지에 답을 하지 않았다. 그러자 냉큼 전화벨이 울렸다.

"어떻게 된 거야? 너 괜찮아?"

"하아……."

긴 한숨이 대답 대신 나왔다. 엄마가 멘토로 나온다는 걸 알고 있었는데도 막상 눈으로 확인하니 혼란스러웠다.

"내 생각에는 너네 엄마가 곧 연락하실 거 같아. 그러니까 일단 기다리자."

"모르겠어."

여태까지 아무 소식이 없던 엄마가 갑자기 연락할 리도 없겠지만 연락이 온다고 해도 순순히 받아 주고 싶은 마음도 없었다. 엄마가 성공하면 곧바로 돌아올 거라고 생각한 내가 바보였다.

"지금은 내일 경연만 생각할 거야."

"너, 설마 엄마 만나려고 도전한 거야?"

"처음부터 엄마랑 상관없이 구다진 때문에 시작한 거 알잖아! 난 끝까지 최선을 다해 도우려는 것뿐이야!"

죄 없는 새이에게 소리를 지르고 나니 미안해졌다. 새이는 내 상태가 어떤지 아니까 이해해 주는 것 같았다. 내일 만나자고, 푹 잘 자라며 조용히 전화를 끊었다.

"본선 2차 경연에 오신 열 팀을 소개합니다!"

강세라 언니의 말과 함께 카메라가 각각 조리대를 찾아왔다. 우리도 짧게 인터뷰와 소감을 말했다.

"이제 오늘의 주제를 발표하겠습니다. 올해도 2차 본선의 주제는 인물인데요. 네, 누구요? 에디슨? 또? 아, 올해 노벨평화상 주인공이요? 그리고 또요?"

아이들이 앞다투어 강세라 언니의 질문에 대답했다. 나는 요즘 뉴스에 많이 나오는 정치인을 생각하고 있었다.

"모두 궁금하실 겁니다. 올해는 특별히 그분이 직접 스튜디오에 나오셨습니다."

순간 무대 한쪽에 불이 켜지고 누군가 걸어 나왔다. 그쪽에 있던 참가자들 몇 명이 환호성을 질렀다.

"여러분과 나이가 비슷하지만, 최고의 아이돌이 되어 빌보드 차트에도 오른 올해의 스타! 바로 미노입니다!"

"꺄악!"

누군가 비명을 질렀다. 연예인이 주제로 나온 건 처음이었다.

나도 다른 의미로 비명을 지를 뻔했다. 하필 미노라니, 이게 무슨 악연이란 말인가.

"안녕하세요, 미노입니다!"

미노는 예의 바른 척 꾸벅 인사를 하고 손을 흔들었다. 여자아이들이 발을 동동 구르며 좋아하는 게 보였다. 미노의 실체를 알면 바로 환상이 깨질 텐데. 안타까웠다. 마음 같아서는 그 여자애들을 일일이 붙잡고 내가 겪은 도시락 사건을 말해 주고 싶었다.

곧바로 미노와 관련된 영상이 나왔다. 화려한 겉모습과 달리 어린 시절부터 할머니 밑에서 자라 소박하고 정겨운 것을 좋아한다는 내용이었다. 이미 새이에게서 귀가 닳게 들었던 이야기다. 그래서 우리가 가져간 도시락도 소박한 옛날 도시락이었다.

그러나 나는 알았다. 소박한 이미지는 미노와 그의 소속사가 만들어 파는 거짓 이미지일 뿐이라는 것을. 실제로 시골 할머니 집에서 컸다지만, 어쩌면 그게 그립기보다는 지긋지긋할지도 몰랐다. 지금은 돈도 많고 화려한 스타니 명품을 걸치고 비싼 요리를 먹을 수 있겠지만, 만들어진 이미지 때문에 편히 그럴 수 있는 것도 아니었다. 새이가 미노는 떡볶이를 좋아하는 현실 남자 친구

이미지라고 자랑했던 기억이 난다. 우리 도시락을 싸구려라고 폄하했던 그가 진심으로 소박한 걸 좋아할까? 이미지에 갇혀 먹고 싶은 것도 못 먹고 사는 것 아닐까?

"그럼 지금부터 총 90분을 드리겠습니다. 팀원 간 회의를 한 뒤에 요리까지 완료되어야 하는 시간입니다. 미노의 어린 시절을 위한 요리, 미노가 먹고 직접 선택할 요리를 여러분이 만들어 주십시오!"

강세라 언니의 말이 떨어지기 무섭게 커다란 전광판 시계가 작동되었다. 주어진 시간은 90분. 시간은 금방금방 줄어들었다.

"미노? 유명한 연예인이야?"

구다진은 미노에 대해 아예 모르는 것 같았다.

"몰라? 저번에 새이가 도시락 싼다고 한 그 아이돌."

"그렇군. 새이가 여기 있었으면 소리 지르고 호들갑 떨었겠네. 너랑 해서 다행이다."

"뭐? 원래 새이랑 하려고 했어?"

"그게……, 진짜 아무도 안 하려고 하면 어쩔 수 없잖아."

요리 대회에 나간 새이라. 상상이 안 됐다. 만들기보다 먹는 게 더 많을 것 같았다.

"그럼 이제 우린 뭘 만들어야 하나? 콩나물밥 어때? 시골 할머니집의 맛을 그리워한다잖아."

"아니야, 그거."

"아니라고?"

"응, 밀고 있는 이미지는 시골 입맛이라는 거지만, 사실은 정반대일 거야. 그때 먹고 싶어도 못 먹었던 음식을 좋아할 거라고."

나는 새이와 뮤지컬 대기실로 도시락을 가져갔을 때의 일을 설명했다. 구다진이 작은 소리로 욕을 했다.

"그런 새끼라면 자기가 밀고 있는 이미지대로 요리를 뽑지 않겠어?"

구다진 말도 일리가 있었다. 진짜 맛있다고 생각한 음식이라고 해도 자기 이미지와 맞지 않는 것은 뽑지 않을 가능성이 많았다. 어디선가 청국장 냄새가 났다. 또 다른 팀은 창고에서 나물 재료를 찾아 잔뜩 가져오는 게 보였다.

나는 잠시 숨을 골랐다. 요사이 나도 요리에 대한 철학이 어렴풋이 생겼다. 먹는 사람을 위해 진심을 담아 요리해야 한다는 것.

"넌 요리를 왜 해? 대회에는 왜 나왔어?"

구다진도 나와 비슷할 거라 예상했다. 잠시 망설이던 구다진이 진지한 얼굴로 말했다.

"엄마 욕 덜 먹게 하려고."

의외의 대답이었다.

"그게 무슨……."

"우리 일 아는 친척들이 아직도 그러거든. 아빠처럼 요리사가 될 재능 있는 아들을 엄마가 앞길 막고 세상 떠났다고. 그 말 좀 못하게 해 주고 싶어."

"보란 듯이 요리사가 되려고?"

"아니, 누가 요리사 따위 된대? 그냥 그딴 거 못 하는 게 아니라 안 하는 거라고 보여 주려는 것뿐이야."

나는 잠시 구다진을 바라봤다. 모르긴 해도 자기 딴에는 많이 생각하고 많이 괴로워하며 내린 결론이라는 생각이 들었다.

"그래, 미노 자식이 진짜 원하는 걸 만들자고. 나도 잔머리 써 가며 거짓으로 이기고 싶지는 않아. 진심은 통하겠지."

구다진은 내 의견에 동의했다. 우리는 미노가 어린 시절에 먹었던 음식 대신, 먹고 싶었지만 거의 먹지 못하고 동경했을 음식에 대해 생각했다.

"미노는 시골에서 할머니 손에 컸으니까 먹지 못한 음식에 대한 로망이 있을 거야. 오늘 나머지 아홉 팀은 소박한 음식을 만들 게 뻔하니까 스테이크 정도로도 우리 요리는 돋보일 거 같아."

"좋아. 그런데 스테이크 자체로는 흥미롭지 않을 텐데?"

"미노는 스타잖아. 그에 걸맞은 걸 부여해 주면 어때? 예를 들어 상징 같은?"

"스타? 그럼 별?"

구다진이 퉁명스럽게 말했다. 그러나 나는 그 퉁명스럽고 조금은 장난스런 아이디어가 좋았다.

"별을 만들자. 스텐실하듯 유산지를 별 모양으로 오려서 덮고

소스를 뿌리는 거야."

"스테이크 소스는 별 모양을 유지하고 있을 만큼 단단하고 걸쭉하진 않아."

"크림소스도 그럴까?"

언젠가 스테이크 가게에서 먹은 기억이 있었다. 일반 갈색 소스보다는 좀 걸쭉했다. 엄마의 음식만큼이나 많은 내 수많은 외식 음식들.

"크림소스라……. 그럼 치즈 소스로 하자. 치즈는 시간이 지나면 굳으니까."

"미노가 시식할 때쯤에는 별 모양으로 잘 굳어 있겠지?"

회의가 생각보다 길어졌다. 시간이 촉박했다.

우리는 서둘러 스테이크용 고기와 버터, 치즈, 아스파라거스, 양송이버섯, 감자 등을 창고에서 꺼내 왔다.

생일에 고집스레 스테이크를 굽던 엄마가 떠올랐다. 엄마는 그날 평소와 다른 우아한 식사를 하고 싶었던 걸까? 아이와 둘이 늘 먹는 오므라이스가 아니라.

나는 구다진이 고기를 굽는 동안 맛을 봐 가면서 매시트포테이토를 만들었다. 버터를 잔뜩 넣고 고기를 굽는 냄새가 퍼지자 옆 조리대에 있던 아이들이 우리 쪽을 돌아보며 피식 웃었다. 그 애들은 누룽지를 만들고 있었다.

그래도 뻔히 알면서 엉뚱한 답을 제출할 수는 없었다. 스테이크와 함께 구운 굽기 정도 확인용 작은 고깃덩이는 딱 좋게 익었고 맛도 있었다. 버섯과 아스파라거스까지 곁들이니 제법 그럴싸했다.

마지막으로 치즈 소스를 올렸다. 기본 크림소스에 치즈를 넣은 것이었다. 약간 굳어지길 기다렸다가 종이를 뗐더니 보기 좋게 별 모양 소스가 올려졌다.

미노가 앉은 테이블에 요리가 하나씩 차려졌다. 우리의 스테이크가 공개되자 미노 눈빛이 떨리는 게 보였다. 다른 아홉 개의 요리는 모두 소박한 한식 시골 밥상이었다.

"10번 팀은 의외로 스테이크를 만들었는데요. 별 그림이 있는 스타 스테이크네요. 스타인 미노에게 정말 잘 어울리지만 인간 미노에게는 어떨까요? 그의 선택이 궁금해지는 순간입니다. 미노 씨는 천천히 모든 음식을 조금씩 맛보면서 식사를 하시고 다섯 팀을 선택해 주시면 됩니다. 그럼 두 시간 뒤에 다시 뵙겠습니다."

미노가 앉은 자리에 커튼이 쳐지고 강세라 언니가 우리를 내보냈다. 앞으로 두 시간은 우리도 식사를 하고 쉴 수 있는 시간이었다. 그사이 미노는 시식을 한 뒤 3차 진출 팀을 선택할 것이다. 어떤 선택을 할지 정말 궁금했다.

구다진과 복도로 나갔다. 동시에 강세라 언니가 나오더니 어떤 여자 쪽으로 달려가며 소리쳤다.

"잠시만요, 조에 박 셰프 님!

온몸이 돌이 되어 굳어 버리는 기분이었다. 내가 멈춘 걸 모르고 혼자 걸어가던 구다진이 말했다.

"저분 가게 이름 재밌더라. 어제 방송 봤지?"

내가 대답을 안 하자 구다진이 돌아봤다. 조에 박 셰프가 우리 엄마라는 걸 모르는 구다진은 의아해했다.

"너, 얼굴이 왜 그래?"

엄마와 강세라 언니는 사무실로 이미 들어간 뒤였지만 내 눈에는 잔상이 남아 있었다. 엄마의 뒷모습. 낯설고도 어딘지 모르게 익숙한 그 모습.

"야, 진아율, 어디 아파?"

"……아냐. 가게 이름이 어땠는데?"

라 벨 뉘(La belle nuit).

"프랑스어로 '아름다운 밤'이라는 뜻이더라고. 네 이름처럼. 물론 그 밤이 그 밤이 아니지만. 어떻게 발음하냐면……."

"벨 뉘……."

"프랑스어 알아? 어제 한 번 듣고 외운 거야?"

구다진이 놀라워하며 나를 바라봤지만 나는 구다진을 보고 있지 않았다. 나는 오래전 어느 날의 밤으로 돌아가 있었다.

"다 당신 때문이야! 당신이 날 속였어!"

엄마가 소리쳤다.

"내가 뭘 속여?"

"결혼하면 함께 음식점을 차리자고 했잖아. 내 꿈을 이루어 준다고 했잖아."

"그건 정말 말 그대로 꿈이지. 당장 우리 세 식구 먹고살아야 하는데 언제 돈을 모아서 언제 식당을 차려? 그때는 공무원 시험을 보는 게 옳았다고. 허무맹랑한 꿈 이야기는 이제 제발 그만해."

"그래서 기다렸잖아. 아율이 좀 더 크면 그때 하고 싶은 걸 하라고 해서 기다렸어. 벌써 8년이야. 그런데 난 아무것도 할 수가 없었어. 그저 약을 먹고 잘 오지도 않는 잠을 억지로 자고, 아이에게 요리를 해 주면서 만족해야 할 뿐이야."

엄마는 오열했다. 몰래 지켜보던 나는 아빠가 엄마를 안아 달래 주길 바랐다. 그러나 아빠는 차갑게 돌아서 아무 말도 안 했다.

"답답해. 답답해서 미치겠어. 시간을 되돌리고 싶어."

엄마가 아무리 울어도 아빠는 돌아서지 않았다. 그게 잡아 달라는 신호라는 걸 알았더라면 아빠는 그렇게 냉정하지 못했을 것이다. 당시에는 아빠도 답답했을 것이다. 아빠가 원하는 건 현실을 열심히 사는 것이었고, 엄마가 원하는 건 꿈을 이루는 것이었다. 그 둘은 상충했다. 누가 맞고 틀리고의 문제가 아니라 그저 서로를 이해할 수가 없는 상황. 그리고 불행히도 그 사이에는 내가 있었다.

"그래, 알았어."

아빠가 한 말은 겨우 그거였다. 오래 묵고 쌓인 먼지들이 더는 치울 수 없을 만큼 굳어 버리자 두 사람이 내린 결론은 그거였다.

그다음 날, 엄마는 나에게 그 말을 가르쳐 줬다. 벨 뉘.

"기억…… 났어."

"뭐가?"

"이메일 주소."

무슨 황당한 소리냐는 듯 구다진이 나를 바라봤다. 나도 황당했다. 왜 까맣게 잊고 있었을까. 이메일 주소를.

엄마가 만들어 준 계정이었다.

"아율아, 엄마가 이메일 주소 만들어 줄게. 비밀번호는 네 생일이야. 매일 여기 로그인해서 편지 확인해야 해. 알았지?"

"그런데 엄마, 이름이 왜 이렇게 어려워? 영어야?"

"영어는 아닌데, 네 이름하고 같은 뜻이야."

"이게 같은 뜻이라고?"

나는 스펠링을 외우느라 집중했다. 일기장에도 적어 놨다. 엄마는 둘만의 비밀 아이디라고 강조했다. 나는 그저 둘만의 재미있는 놀이인 줄 알았다.

엄마가 떠나고 나서 나는 한동안 날마다 이메일을 열어 봤다. 혹시나 하는 기대감이 있었다. 그러나 아무것도 없었다. 차차 메일함을 확인하는 게 뜸해졌고, 어느새 나는 까맣게 잊어버리고 말았다.

진작 휴면 계정이 되었거나 없어지지 않았을까? 로그인해 보기가 겁났다. 사실 그 안에 아무것도 없을지도 몰랐다. 나의 지나친 기대일지도. 그러나 그 단어가 엄마에게 아직 의미 있는 단어라는 건 분명했다. 나는 모든 걸 기억하며 살아가고 있다고 생각했지만 놓치고 있는 게 많았다. 나는 너무 어렸다. 갑자기 자신이 없어졌다. 짐작하고 오해하고 화를 냈던 그 과정들이 불분명한 기억에서 시작했다고 생각하니 나 자신이 뿌리째 흔들리는 기분이었다.

"진아율 학생?"

구다진이 옆에서 툭툭 쳐 정신을 차려 보니, 눈앞에 강세라 언니가 서 있었다. 황급히 복도를 둘러봤지만 엄마는 보이지 않았다.

우동 한 그릇

"잠깐 단둘이 하고 싶은 말이 있는데 괜찮을까요?"

강세라 언니가 나에게 개인적으로 말을 걸었다는 건 정말 멋진 일이었다. 새이가 알면 입을 떡 벌리고 부러워할 만한. 그러나 마냥 좋지만은 않았다. 불안했다.

의아해하는 구다진을 뒤로하고, 나는 조금 전 엄마가 강세라 언니와 들어갔던 사무실로 들어갔다. 안에는 아무도 없었다.

강세라 언니는 따뜻한 물에 현미녹차 티백을 넣어 내 앞에 내밀었다.

"좀 마셔요."

불안한 마음이 커져 갔다. 엄마 다음 차례로 내가 이 사무실에 들어온 건 뭔가 연관이 있다는 뜻이었다.

"본론부터 말할게요. 나, 진아율 양 엄마가 누군지 알고 있어요."

"어떻게요?"

엄마가 말했을까?

"본선에 진출한 친구들, 우리 작가 팀에서 한 명 한 명 다 조사해요. 방송에서 다룰 사연을 찾아야 하니까요. 나, 이 프로그램에 애정이 많거든요. 아나운서 하다가 프리랜서 되면서 방황했는데, 이 프로그램이 나를 살렸잖아요. 이제는 내가 함께 만들어 가는 프로그램이나 다름없어요."

"그래……서요?"

"지금 미노 군이 선택을 못 하고 갈팡질팡하고 있어요. 스테이크가 진아율 학생이 제출한 요리 맞죠?"

"예, 고민될 거예요. 그래도 알아서 잘하겠죠."

"그래서 말인데, 내가 제안 하나 할게요. 조에 박이 친엄마죠? 우리는 조에 박의 사연이 필요해요."

"저는 할 말이 없어요. 저랑 상관없는 일이에요."

"방송 프로그램이 살아 숨 쉬려면 그 안에 휴머니티, 즉 인간이 살아 있어야 해요. 그래서 내 제안으로 프랑스인인 장 셰프 대신 한국인 조에 박을 섭외하게 되었어요. 조에 박에게 헤어진 딸이 있다는 이야기를 우연히 알게 되었거든요. 그런데 지금 조에 박이 사연을 드러내는 걸 완강히 거부하고 있어요. 그런 식의 스토리로 흐르는 방송이라면 하차하겠대요."

"그게 저랑 무슨 상관이에요? 하기 싫으니 안 한다고 하시겠죠."

강세라가 커다란 두 눈을 더 크게 뜨고 고개를 갸우뚱했다.

"정말 몰라요? 이거 조에 박이 스타 셰프가 될 기회라고요. 방송을 위해 띄우긴 했지만 조에 박에게도 도움이 될 거예요. 프랑스에서 조에 박 셰프의 사정이 썩 좋은 것만은 아니었다고 알고 있어요. 그래도 계속 그쪽에 머문다면 스승인 장 셰프의 명성으로 어느 정도 조에 박도 먹고살겠지만, 결국 모든 걸 포기하고 한국으로 돌아온 거라더군요. 하지만 유학파 셰프가 아무 연줄도 없이 한국에서 과연 자리 잡을 수 있을까요? 네?"

프랑스에서 성공을 했다는 건 언론의 지나친 과장이었던 것 같았다.

"그리고 아율 양에게도 기회예요. 본선 3차는 물론이고 결선에도 올려 줄게요. 헤어졌던 엄마의 멘토링을 받아 성장하는 딸. 얼마나 극적이고 감격적이에요?"

"결선에……요?"

"꼭 모녀가 멘토와 멘티로 만나지 않아도 좋아요. 다른 팀으로 대결해도 얼마든지 스토리는 나오니까요. 이 프로그램 만들 때부터 내가 초창기 멤버잖아요. 입김이 꽤나 세죠. 사실 지금 미노가

스테이크를 뽑고 싶어 하는데, 소속사와 프로그램 제작진 측에서 다 반대하는 상황이에요. 내가 나서서 설득할 수 있어요. 결선으로 올라가는 것도 도울게요. 엄마를 설득해 주세요."

내 말 한 마디로 구다진과 내가 본선 3차에 올라갈 수 있었다. 엄마는 나와의 스토리로 주목을 받고 스타 셰프가 될 수 있었다. 모두가 이득이었다. 프로그램도 시청률과 화제성을 모두 잡을 것이다. 강세라 언니가 나를 바라보며 고개를 끄덕였다. 허락하라고, 그러면 모두가 행복해진다고 유혹하고 있었다. 달콤한 제안이었다.

하지만 그건 공정하지 않았다. 주제넘게 다른 참가자들을 걱정하는 게 아니었다. 엄마에게 공정하지 않았다. 엄마를 그렇게 쉽게 용서할 수는 없었다. 그리고 무엇보다 가장 중요한 건 나였다. 비겁한 참가자가 되어서까지 좋은 성적을 낼 생각은 없었다.

"죄송해요."

거절했다. 쿨한 구다진도 나와 같은 상황이라면 이렇게 할 것 같았다.

미노가 발표한 다섯 팀에 우리는 없었다. 그러나 미노의 테이블 위, 유일하게 다 비워진 접시는 스테이크뿐이었다. 미노는 모두와 악수를 하며 헤어졌다. 우리와 인사를 나눌 때 미노는 작은 목소리로 말했다.

"정말 맛있었어요. 못 뽑아서 미안하고, 고마워요."

도시락 사건 이후 처음으로 미노를 조금, 아주 조금 용서할 수 있게 되었다.

집에 가는 길에 구다진에게 강세라의 제안을 고백하며 엄마에 대해 다 말했다. 구다진은 위로를 하거나 동정하는 대신 내 어깨를 툭 쳤다.

"그 여자, 처음부터 마음에 안 들었다. 떨어진 기념으로 우동 먹자."

구다진은 '프랑스 우동 가게'로 나를 데려갔다. 켄 오빠가 우리를 맞이했다.

"내가 쏠게."

켄 오빠는 눈치가 빨랐다. 대회에 대한 건 하나도 얘기하지 않았다. 주방에 있을 구다진 아버지 때문인지도 몰랐다.

우리는 프랑스 우동을 말없이 먹었다. 쫄깃한 면발과 따뜻한 국물이 위안이 되었다. 면을 씹으면서 오늘 일은 다 잊어버리고 싶었다.

"서비스."

켄 오빠가 뭔가를 더 내밀었다. 만두였다. 피가 얇아서 소가 다 비치는 김치 만두 여섯 개.

"형 간식 아니에요?"

"많아. 먹어."

켄 오빠가 잠시 주방으로 들어가자 구다진이 속삭였다.

"저 형, 만두 엄청 좋아해."

"아버지가 만두도 만드셔?"

"아니, 사거리 만둣집."

새이가 맛있는 만둣집이 생겼다고 줄 서서 먹는 곳이라고 떠들던 곳이었다. 만두를 한입 입에 베어 무니 뜨거우면서도 매콤한 맛이 입 안을 가득 채웠다. 칼칼함이 좋았다. 우동 국물과도 잘 어울렸다.

"배가 부르니까 기분이 좀 나아지지?"

"응, 기분 좋다."

우리는 가게를 나왔다. 나오고 나서야 구다진 아버지를 한번 만나고 싶다는 생각이 들었다. 구다진의 아버지여서가 아니라 이렇게 훌륭한 우동을 만드는 사람을 꼭 보고 싶었기 때문이다. 그러나 말할 수가 없었다. 우동을 먹으면서 구다진이 거짓말을 했다는 걸 깨달았기 때문이다. 구다진은 다른 사람에게 자신을 증명하기 위해 대회에 나왔다고 했지만 사실 그게 다가 아니었다. 구다진은 아버지에게 인정받고 싶었던 것 같다. 그게 아니라면 가게에서는 말도 못 할 정도로 대회에 대해 숨길 일은 없을 것이다. 그리고 아버지가 만든 우동으로 위로받을 필요도 없을 터였다.

집에 들어가니 아빠가 서 있었다. 현관문을, 아니 나를 보고 있었다.

"방송에서 누가 널 봤다더구나."

어제 방송은 예선에 대한 내용이어서 내가 거의 나오지 않았다. 잠깐 스쳐 나온 당근 김치를 본 사람이 있다니 놀라웠다.

"그거 계속할 거니?"

아빠는 침착했다. 아니, 애써 침착하려고 노력하는 게 얼굴에 빤히 보였다.

"이미 떨어졌어. 이제 안 해."

엄마를 봤다는 이야기는 굳이 덧붙이지 않았다. 아빠는 안심한 듯했다.

"그래, 쉬어라."

아빠는 안방으로 들어갔다. 할 말이 많을 텐데 다른 말은 안 했다. 도망치는 거 같았다. 비겁했다. 아빠는 내가 무엇이 궁금할지 알고 있었고 답을 회피하고 있었다. 침묵이 해결책이 될 수는 없었다. 그러나 지난 7년간 아빠는 침묵하고 있었다. 처음 1년은 나도 자꾸 물어봤다. 엄마는 언제 오느냐, 레스토랑은 열었느냐, 언제 돌아오느냐. 그러나 밤마다 울던 아빠는 딱히 답을 주지 않고 나를 안아 주기만 했다. 점점 나도 질문을 하지 않게 되었다. 새이는 내가 엄마에 대해 금방 잊고 적응이 빨랐다고 했지만 그건 모르는 소리였다.

내가 아무 말도 못하게 만든 건 아빠였다.

이제 많은 것이 달라졌다. 나는 더 이상 어린애가 아니었고 엄마는 돌아왔다.

안방 문을 열었다. 주방에서 설거지를 하던 새엄마가 하던 일을 멈추었다. 귀를 기울이고 있는 것 같았다. 새엄마에게는 미안했다. 하지만 더 미룰 수가 없었다.

"아빠, 엄마가 왜 그랬을까?"

아빠가 움찔했다. 갑자기 내 입에서 그런 말이 나올 줄 모른 모양이었다.

"아빠가 엄마 자리까지 채워 주고 싶었는데 부족했던 모양이다."

아빠가 다른 소리를 하며 변명했다.

"아빠 생각을 말해 줘."

"괜히 미련 가지는 건 서로에게 안 좋잖아. 그래서 설명 안 해 줬던 거야. 넌 어렸고……."

"이제는 어리지 않잖아."

그동안 쌓이고 쌓인 침묵이 한꺼번에 무너져 내렸다. 엄마가 없어진 건 내 삶에서 가장 중요한 뭔가가 쑥 빠져 버린 일이었다.

"엄마는 널 데려가고 싶어 했어. 그런데 현실적으로 그게 안 되니까 내 곁에 두기로 한 거야. 엄마는 병원에 다닐 정도로 우울증이 심했고, 그래서…… 지금도 난 엄마를 잡지 않고 보내 준 게 맞다고 생각한다."

아빠가 한마디 한마디 겨우 내뱉었다. 울먹이는 것 같았다. 처음 엄마가 사라지고 밤마다 아빠의 울음소리를 듣는 건 너무 괴로웠다. 슬퍼서 그러는 건지 후회스러워서 그러는 건지 생각해 보는 것조차 힘들었다. 아빠가 우는 동안 나는 엄마가 왜 떠났는지 생각해야 했다. 떠나기 직전의 시간들을 반추하면서 어린 내 머리로는 도저히 이해할 수 없는 것을 억지로 이해하면서. 아빠 탓을 하며 아빠까지 미워하면 너무나 힘들어지니까.

그런데 지금은 아빠를 나쁘다고 할 필요도 엄마를 미워할 필요도 없다는 걸 아주 조금은 알 것 같았다. 그냥 그렇게 되어 버린 것. 억지로 잡고 있어도 끊어져 버리는 끈은 있다는 것. 어차피 끊어질 바에는 손을 놔 버리는 게 현명할 수도 있다.

"아빠 잘못 아니라는 거 알아."

안방 문을 닫고 나왔다. 엄마와 아빠가 원하는 게 달랐고, 그 간극을 좁힐 수 없어 합의점을 찾기 힘들었으며, 엄마의 엄마인 할머니는 평생의 꿈을 이루지 못하고 돌아가셨다. 모든 상황이 엄마 등을 떠밀었고 엄마는 더 버틸 수 없었던 것이다.

대화가 끝나자 새엄마는 다시 물을 틀었다. 설거짓거리가 그대로 쌓여 있었다. 나는 조용히 방으로 들어와 컴퓨터를 켰다. 그리고 아이디를 입력했다. bellenuit. 비밀번호는 내 생일.

셰프 스페셜 튀김 우동

일주일 뒤 금요일. 본선 1차 방송이 나왔다. 17번째 팀인 우리는 여전히 분량이 적었다. 참가자 중 아픈 할머니를 모시고 사는 소녀 가장의 사연, 한국에 살러 온 미국인 남학생의 사연이 집중적으로 나왔다. 우리 요리는 잠깐만 다뤄졌다.

다른 팀에 비해 조리 과정이 간단해서 요리라고는 할 수 없을 정도였지만, 식빵으로 포장을 한다는 생각이 참신해서 아이디어 점수를 후하게 줬다는 심사평이 나왔다. 뒤늦게 합격 이유를 알게 되니 기분이 이상했다.

게다가 방송을 통해 보니 우리처럼 그저 학생일 뿐이라고 생각했던 경쟁자들이 엄청난 경력을 가진 실력자인 경우가 많았다. 우

리 팀을 뺀 본선 2차 진출자는 다 요리를 전공하는 고등학생들이
었다.

✉ 어차피 통과했어도 밀렸겠다. 괜찮아, 괜찮아.

본선 2차 미노의 심사에서 떨어진 걸 알고 있는 새이가 메시지
를 보냈다. 아직도 난 새이에게 미노의 진짜 입맛에 대한 이야기
는 하지 못했다. 새이가 진짜 남자 친구가 생길 때까지는 비밀로
할 것이다. 구다진도 협조하기로 했다.

"그런데 안타까운 소식을 전해야 할 것 같습니다. 유일한 한국
인 결선 심사 위원이자 멘토였던 조에 박 셰프가 개인 사정으로
참여하지 못하게 되었습니다. 대신 그녀의 스승이자 프랑스의 유
명 셰프인 장 셰프가 합류하게 되었다는 소식을 전하며 방송을 마
치겠습니다. 다음 주에는 또 어떤 이야기가 펼쳐질까요?"

강세라 언니의 마무리 멘트였다. 엄마가 방송 출연을 취소할
거라는 걸 알고 있었는데도 잠시 멍해졌다.

✉ 너, 엄마 만날 거지?

새이가 더 난리였다. 사연을 공개하면 결선까지 올려 주겠다는
강세라 언니의 제안을 받아들이지 그랬냐고도 했다. 어쩌면 나도

뭔가 기대하고 있었는지도 모르겠다. 대회에 참가하고 엄마가 심사 위원으로 나온다는 걸 알게 된 그 순간부터.

그러나 그런 꿈같은 일은 없었다. 내 실력으로 결선에 올라가고 엄마가 나의 멘토가 되어 그간의 앙금을 씻어 내는 드라마틱한 일. 그런 건 정말 드라마에서나 일어나는 일 아닐까? 7년이나 벌어진 틈이 그렇게 단박에 극적인 우연으로 봉합될 수 있는 것일까?

메일함에는 엄마의 7년이 담겨 있었다. 엄마의 다른 아이디로 나, '아름다운 밤'에게 보낸 메일들. 엄마의 아이디는 maman. 구다진은 '마망'이라고 읽는다며, 프랑스어로 '엄마'라는 뜻이라고 가르쳐 주었다.

'to. bellenuit'로 시작하고 'from. maman'으로 끝나는 수많은 편지들. 그 사이에 채워져 있는 이야기들. 새벽부터 시작되는 엄마의 고된 하루, 나에 대한 그리움을 누르고 요리 공부를 하고 채소를 다듬으며 일을 배우고, 밤에는 요리 연습을 하던 엄마의 일상이 들어 있었다.

나는 수많은 편지를 건너뛰고 가장 최근 편지를 읽어 봤다. 며칠 전이었다.

나의 아름다운 밤아,

드디어 한국에 왔어.

좋은 계기가 생겼거든.

요리 경연 방송에 나가게 되었어.

장 셰프 말로는 방송에 나가면 한국에서 내 가게를 여는 데 큰 도움이 될 거래.

여기에서는 장 셰프가 주인인 레스토랑에서 총괄 셰프로 일했지만, 그곳에서는 진짜 내 가게를 여는 거야.

드디어 내 꿈을 이루는 거지.

그러면 나에게도 너와 함께 있을 기회가 있겠지?

먼저 네가 날 용서해야겠지만 말이야.

언제쯤 네가 날 용서하고 이 메일함을 열어 볼까?

그 뒤로는 아직 편지가 없었다. 나는 답장을 쓰지 않았다. 휴면 계정이 되지 않은 것으로 보아 엄마가 가끔 로그인을 하며 챙겼던 모양이었다. 엄마와 나, 둘만 아는 아이디와 비밀번호로.

나도 분명히 처음 얼마 동안은 매일 로그인을 하며 확인하곤 했다. 그러나 빈 메일함을 열 때마다 실망과 슬픔과 분노가 교차했다. 나도 지쳤던 것 같다. 엄마가 그곳으로 가자마자 학교와 가까운 집을 구하고 컴퓨터를 사고 인터넷 연결을 하느라 정신없이 바쁜 시간을 보냈다는 걸 알지 못했으니까. 한국처럼 그 모든 걸 금세 할 수 없는 프랑스의 환경도 몰랐으니까. 겁이 났다. 엄마의 빈자리처럼 메일함도 내내 기다려야 하는 빈자리로 남을까 봐.

엄마가 한국에서 레스토랑을 열고 성공시킬 수 있는 기회에 나를 이용하지 않았다는 것에 감동해야 할까? 지금의 나는 아무 선택도 할 수 없었다. 오래된 편지를 하나씩 열어 다음 편지와 그다음 편지를 읽으며 조금씩, 아주 조금씩 배신감을 내려놓는 것 말고는.

'프랑스 우동 가게'에 모이자는 건 새이 생각이었다. 미노가 나오는 본선 2차 방송까지 나간 금요일 저녁. 진짜 쫑파티를 하자는 것이었다. 탈락한 뒤 둘이 먹은 우동은 무효라고 주장하던 새이. 자신도 숨은 팀원인데 그러면 안 된다고 무척이나 서운해했다.

그래서 우리 셋은 다시 우동 가게에 모였다.

"너, 내가 여기서는 말하지 말라고 한 거 안 잊었지?"

내 말에 새이는 고개를 끄덕였다. 구다진이 요리 대회에 나갔던 건 구다진 아버지에게 아직 비밀이었다.

"그런데 나, 말할 거 있어."

자리에 앉자마자 새이는 참을 수 없다는 듯이 입을 열었다. 나는 새이를 진정시켰다. 새이가 뭔가 선전 포고를 한다는 게 불안했다.

"우선 주문 먼저 하고."

"오늘은 스페셜 요리가 있습니다. 셰프가 미리 준비를 해 놓으셨습니다."

내가 메뉴판을 들자마자 켄 오빠가 선수를 쳤다.

"무슨 스페셜 요리요?"

"탈락 축하 스페셜 요리입니다."

"형! 우리 아버지한테 말했어?"

나도 놀랐지만, 구다진이 더 놀랐다.

"셰프도 텔레비전은 보시니까."

켄 오빠는 냉정하게 메뉴판을 치웠다. 구다진은 얼빠진 표정이었다.

새이는 이 대단한 사건을 듣고도 휴대폰만 들여다보며 히죽거리고 있었다.

"너, 뭐 해? 지금 구다진 아버지가 다 알고 계신다는데 웃음이 나와?"

"아율아, 나 사실…… 남자 친구 생겼다!"

대단한 사건이 갱신되었다. 새이에게 남자 친구가 생기다니! 이렇게 갑자기.

"옆 학교 얼굴 천재 있잖아……."

"뭐? 그 잘생긴 애랑 사귄다고?"

"아니, 걔 보러 자주 갔더니 그 학교 남자애가 날 눈여겨본 거야. 나보고 귀엽다고…… 어제 고백 받았어."

새이는 자기가 말한 거면서 '꺄악' 비명을 지르며 얼굴을 감싸고 발을 동동 굴렀다. 정말 못 봐줄 정도였다.

"봐, 내 남자 친구 사진."

새이의 휴대폰 속에는 숨겨진 쌍둥이가 아닐까 싶게 새이와 똑 닮은 남자아이가 들어 있었다. 내가 깜짝 놀라니까 새이가 우쭐해했다.

"왜? 잘생겨서? 에이, 부끄럽게."

새이는 이상한 소리를 내며 웃었다. 그사이 켄 오빠가 요리를 내왔다. 튀김이 잔뜩 든 우동이었다.

"스페셜 요리가 튀김 우동?"

의아해하는 사이 구다진이 튀김을 들고 한입 베어 물었다. 아삭아삭하는 소리가 경쾌하게 퍼졌다. 분식집에서 튀김을 가장 먼저 먹던 구다진이 기억났다. 이건 구다진을 위한 요리였다. 식감 때문에 튀김을 좋아하는 구다진을 위해 만든 아버지의 요리.

"와, 고기튀김도 있다. 이거, 진짜 맛있어."

새이가 손가락으로 튀김을 건져 먹는 걸 보면서 나는 말하고 싶었다. 베지테리언은 고기튀김을 먹지 않는 거라고. 그러나 말리기도 전에 이미 하나가 통째로 사라졌다.

말끔히 비운 우동 세 그릇을 보고 웃음이 나왔다. 튀김이 곁든 국물은 이전의 프랑스 우동과 다른 새롭고 고소한 맛이 있었다.

"오늘은 인사 드리고 싶어. 맛있게 잘 먹었다고."

진심이었다. '프랑스 우동 가게'의 셰프를 만나고 싶었다. 그리고 지금이 자연스럽게 인사할 기회였다.

"그래? 안 그래도 돼."

"아냐, 꼭 그러고 싶어."

"알았어, 그게 뭐가 어렵다고."

구다진이 일어섰다. 어차피 영업이 끝날 시간 즈음이라 가게 안에 다른 손님도 없었다. 구다진이 주방에 들어가고 조금 뒤 다시 나왔다.

"어쩌지? 오늘따라 일찍 퇴근하셨대. 영업 끝나면 켄 형이 정리하고 들어가거든."

"어? 나가시는 거 못 봤는데?"

"주방 창고에 뒷문이 있습니다."

켄 오빠가 나서서 설명해 주었다. 굉장히 서운했다.

"가자. 오늘 꼭 우리 아버지 봐야 해? 다음에 뵈면 되잖아. 형, 우리 먼저 갈게."

구다진은 대수롭지 않게 여기며 가게를 나갔다. 새이는 그새 남자 친구에게 연락이 왔는지 휴대폰 메시지를 주고받으며 구다진 뒤를 따라나섰다. 나는 가게 안을 다시 둘러보며 한숨을 쉬었다.

그래, 중요한 일은 아니다. 비록 오늘은 아니지만 언젠가 구다진 아버지를 볼 수 있을 것이다. 엄마가 음식점을 열면 내가 우리 엄마를 보러 갈 게 확실한 것처럼. 조바심 낼 필요 없다. 처음 참가한 대회에서 탈락했다고 해서 좌절할 필요도 없다. 내가 원한다면 다시 도전할 수 있으니까.

　나는 구다진과 새이와 함께 깜깜해진 골목길을 걸었다. '프랑스 우동 가게'라고 적힌 간판이 내 앞길을 환히 비추고 있었다.

나와 엄마의 오므라이스

엄마의 장바구니에 가득 담아 사 온 재료들. 그중에 햄을 꺼내 썰었다. 햄은 필수다. 엄마가 해 주던 오므라이스에는 꼭 햄과 맛살이 들어갔다. 단, 햄은 작은 정육면체가 되게 네모나게, 맛살은 적당한 길이로 썰어서 눌러 결대로 찢어야 한다.

그다음에는 장바구니에서 부추를 꺼냈다. 채소가 싫다고 투덜대는 날 위해서 부추를 잘게 잘라 넣어 주던 엄마였다. 그래서인지 새이는 아직도 부추 특유의 향을 싫어하지만 나는 오히려 정겹다고 느낀다.

양파도 최대한 작은 크기로 썬다. 기름에 볶으면 투명해져서 눈에 잘 띄지 않으니 몰래 먹이기 좋았을 것이다. 그러나 나는 눈

치채고 있었다. 잘 익은 양파 향이 밥에 퍼져 은근히 달달한 맛을
자아낸다는 걸.

재료들을 준비했으면 달걀을 두 개 깨서 푼다. 아니, 그때는 밥
을 지금보다 적게 먹었으니 이제 달걀옷이 더 커야겠다. 오늘은
세 개를 풀었다. 어릴 때도 달걀을 휘저어 푸는 건 내 몫이었다.
이제는 더 잘할 수 있다. 달걀물이 밖으로 튀어 나가지 않게.

프라이팬에 기름을 조금 두르고 밥을 제외한 재료들을 볶는다.
냉장고를 뒤져 나오는 간단한 재료로 엄마는 재빠르게 오므라이
스를 만들어 냈다. 양파가 어느 정도 투명해지면 밥을 넣는다. 밥
을 볶으면서 소금 간을 조금 한다. 엄마표 오므라이스에는 밥에도
케첩이 들어가므로 아주 조금만 간을 해야 한다. 게다가 풍미를
위해 버터도 넣어야 한다. 버터는 볶음밥이 거의 다 만들어지고
케첩을 넣기 전에 넣는다. 버터의 향이 고르게 밸 수 있도록 밥알
에 코팅하듯 섞어 준다. 그리고 케첩을 뿌린다. 나는 어릴 때 케첩
볶음밥을 좋아했다. 센 불에 한 번 섞으며 볶고 나면 볶음밥은 완
성이다. 불을 끄고 그 프라이팬은 잠시 옆에 둔다.

다른 프라이팬을 꺼내 기름을 조금 두르고 약불로 달군다. 아
까 풀어 둔 달걀물을 붓는다. 얇게 퍼지며 지단이 된다. 위가 다
익기 전에 아까 볶아 둔 볶음밥을 잘 모아 안쪽에 길쭉하게 쌓는
다. 달걀지단을 끌어모아 감싼다. 아직 덜 익은 달걀이 접착제 역
할을 해서 달라붙으면 살짝 옆으로 밀어 프라이팬의 벽 쪽 열기로

익힌다.

큰 접시를 준비하고, 접시를 프라이팬에 붙인 채로 살짝 기울여 오므라이스를 빠른 속도로 뒤집는다.

짜잔. 오므라이스의 모양이 만들어졌다. 뒤집기에 성공했으면, 케첩을 뿌린다. 꼭 하트로. 할 수만 있으면 이름을 적어도 좋다. 나는 초보니까 하트만 찌익.

드디어 완성.

나는 7년 전의 나날처럼 접시를 앞에 두고 숟가락을 들었다. 그때는 밑반찬으로 깍두기나 피클이 준비되곤 했지만 나는 늘 먹지 않았다. 오므라이스는 오므라이스 하나만으로도 충분했다.

"흐음."

익숙한 냄새. 첫 오므라이스치고 성공적인 작품이었다. 내가 먹어 보았던 맛을 떠올려 가며 역추적해서 만든 요리.

왜 늘 엄마가 다시 와서 만들어 주기만을 바라고 있었을까? 나도 만들 수 있었다. 맛을 아니까 할 수 있었다.

나는 숟가락으로 오므라이스 한쪽을 둥그렇게 베어 냈다. 이제 먹는 일만 남았다. 한 술 크게 떠서 입 안으로 가져갔다.

　누구나 그렇듯이 나는 맛있는 음식을 엄청나게 좋아한다. 그리고 맛있는 요리를 먹는 것만큼이나 요리를 하는 것도 좋아한다. 내 부엌이 처음 생겼을 때 가장 먼저 한 것이 나만 볼 요리책을 산 것이었다. 그 전에는 내 부엌이 없다는 핑계로 요리라는 것을 할 수 없었다. 정말 진지하게, 나에게 맞는 동선으로 이루어진 내 손에 맞는 장비가 없어서였다. 결국 내 부엌이 생긴 뒤에야 나는 비로소 내 입맛에 맞는 요리를 해낼 수 있게 되었다.

　요리를 하게 되자, 이번에는 요리책을 쓰고 싶었다. 하지만 당연히 나는 요리책을 내기에는 역부족인 실력의 소유자였다. 기껏해야 다른 사람의 레시피를 보고 약간의 변형만 해서 겨우 다른 사람도 먹일 수 있는 요리를 만들어 내는 정도였다.

　그래서 생각한 것이 글로 요리를 하는 거였다. 책을 읽을 때 요리나 맛에 대한 묘사가 나오는 부분이 가장 흥미진진했다. 그리고 그런 표현을 잘하는 작가가 존경스러웠다. 예를 들어 무라카미 하루키가 오이에 김을 싸 먹는 장면을 누구나 먹어 보고 싶게 묘사한 것처럼 말이다.

　시작은 약 10년 전이었다. 나는 일기를 쓰듯 내 안의 요리를 꺼내 '레시피'라는 이야기로 써 내려갔다. 생각날 때마다 아주 조금씩 썼다. 몇 달 만에 다시 꺼내 이어 쓰기도 했고, 다른 소설을 쓰다가 문득 생각나서 한두 문장을 추가하기도 했다. 주인공 아율이는 뭔가 나 같았고, 나 대신 요리 대회에 도전해 줄 아이였다.

　어릴 적 우리 엄마는, 프랑스로 떠나 레스토랑을 열지는 않았지만 아무렇지도 않게 김치찌개에 모차렐라 치즈를 넣는 분이었다. 지금이야 그런 식의 퓨전 요리가 많지만, 당시에는 사람들이 모차렐라 치즈를 판다는 걸 잘 모를 정도로 피자 말고 다른 요리에는 쓰이지 않았다. 그러나 나는 치즈 김치찌개가 새롭다는 것도 몰랐다. 맛있으면 그걸로 되었으니까. 뿐만 아니라 우리는 카레를 밥에 비벼 먹는 대신 밀가루 반죽을 넓게 펴서 구운 것에 찍어 먹었다. 그때는 인도 요리점이 흔치 않았던 터라 '커리'와 '난'에 대해서도 잘 몰랐던 시절인데, 엄마가 텔레비전 인도 여행 프로그램에서 그렇게 먹는 걸 봤다고 했다.

　그래서인지 나는 맛에 대한 편견이 별로 없다. 처음 먹어 보는 향신료가 들어간 음식도 큰 거부감 없이 먹을 수 있다. 아율이처럼 '맛달(맛의 달인)'은 아니지만 '맛탐(맛 탐험가)' 정도는 된다. 맛이 보장되는 익숙하고 안전한 요리도 좋지만 새로운 것을 먹어 보는 게 좋다.

나에게도 구다진 같은 '녀석'이 나타났다면 요리 콤비가 되어 요리 대회에 도전했을지도 모른다. 다행히 구다진은 다른 진아율을 찾아 요리 대회에 나간 모양이다. 내가 함께했더라면 본선은커녕 예선도 못 가고 탈락했을 테니 '녀석'을 위해서는 잘된 일이다.

역시 나는 글로 요리하는 게 적성에 맞는 것 같다. 설거지를 할 필요도 없고, 채소 따위를 다듬어서 생긴 음식 쓰레기를 처리할 필요도 없다. 더 좋은 것은 글로 음식을 먹는 일이다. 글로 음식을 먹으면 배가 불러 힘들지 않고 살찔 걱정도 없다.

나의 '레시피'는 차근차근 쌓인 끝에 여러 번 정리정돈하고 푹 끓여 드디어 하나의 음식으로 탄생하게 되었다. 음식으로 내오기 전 몇 번이고 요리를 중단하고 냉장고에 넣었다가 꺼냈다. 조리법을 바꾸기도 하고 숙성을 해 보기도 하면서, 어쨌든 다른 사람도 먹을 수는 있게 완성했다.

한번 먹어 보시고 나만의 레시피로 승화하여 요리 하나씩 만들어 보시길.

– 나의 부엌에서 *끄적끄적*
선자은